U0452186

汉译世界文学名著丛书

雪莱抒情诗选

〔英〕雪莱 著

杨熙龄 译

商务印书馆
The Commercial Press

THE SELECTED LYRICAL POEMS
OF
PERCY BYSSHE SHELLEY

雪　莱

汉译世界文学名著丛书
出版说明

1902年，我馆筹组编译所之初，即广邀名家，如梁启超、林纾等，翻译出版外国文学名著，风靡一时；其后策划多种文学翻译系列丛书，如"说部丛书""林译小说丛书""世界文学名著""英汉对照名家小说选"等，接踵刊行，影响甚巨。从此，文学翻译成为我馆不可或缺的出版方向，百余年来，未尝间断。2021年，正值"汉译世界学术名著丛书"出版40周年之际，我馆规划出版"汉译世界文学名著丛书"，赓续传统，立足当下，面向未来，为读者系统提供世界文学佳作。

本丛书的出版主旨，大凡有三：一是不论作品所出的民族、区域、国家、语言，不论体裁所属之诗歌、小说、戏剧、散文、传记，只要是历史上确有定评的经典，皆在本丛书收录之列，力求名作无遗，诸体皆备；二是不论译者的背景、资历、出身、年龄，只要其翻译质量合乎我馆要求，皆在本丛书收录之列，力求译笔精当，抉发文心；三是不论需要何种付出，我馆必以一贯之定力与努力，长期经营，积以时日，力求成就一套完整呈现世界文学经典全貌的汉译精品丛书。我们衷心期待各界朋友推荐佳作，携稿来归，批评指教，共襄盛举。

商务印书馆编辑部
2021年8月

关于雪莱的抒情诗

英国著名诗人雪莱（1792—1822），他短促的一生，留下了许多出色的诗篇。雪莱生长的时代，正是法国大革命和随着到来的反动复辟时代。19世纪20年代前后，梅特涅的"神圣同盟"像一片乌云盖在欧洲上空，许多资产阶级民主主义知识分子都灰心丧气，认为启蒙运动者所向往的"理性王国"已经宣告破产。他们既看不到群众和历史的力量，又失去了政治上的自信。可是，诗人雪莱却像一只云雀，冲破乌云，歌唱人类的光明前途，预报新时代的来临。从雪莱的一些充满革命乐观主义的诗篇来看，他的思想与当时一般的民主主义者已有所不同。他受到了当时欧洲空想社会主义思想的深刻影响。他不但激烈地反对以"神圣同盟"为代表的一切反动势力，热情地支持和歌颂当时在欧洲各国掀起的民主运动和民族解放斗争，而且无情地揭露了资本对劳动人民的剥削和压迫，号召被压迫者起来反抗。他幻想未来的美好社会，探索着通向这种社会的革命道路。

雪莱是一个抒情诗人。他一生都写着抒情诗。他的长诗、诗剧甚至政论，无不充满着抒情味。雪莱的抒情诗，明显地反映了他的思想的矛盾、斗争和发展。

雪莱是一个始终注意政治、研究政治，而且投身于政治的诗人。他不倦地探究着人类社会的种种问题，很早就发现了宗教的邪恶、贫富的对立。他早年所写的抒情诗，像《爱尔兰人之歌》《在罗伯特·安麦特墓畔》《一个共和主义者闻波拿巴垮台有感》《奥西曼狄亚斯》等篇，都包含着在当时说来很先进的政治思想。英国19世纪初工人运动的高潮（1811—1819）给了他无比的力量，尤其是在1819年英国发生屠杀示威工人的事件之后，他写了大量的政治抒情诗，像《写于卡斯尔累当权时期》、《1819年两个政治人物的姿态》《新国歌》、《1819年的英国》、《颂歌》（西班牙人恢复自由的前夕作）、《给英国老百姓之歌》等。这些篇什可以说是雪莱政治抒情诗的代表作。

雪莱的政治见解是不断进步的。最初，他曾寄希望于人类道德意识的自动进化，主张用和平手段来达到革命的目的，他相信人类之"爱"，认为应该宽恕敌人。他的早期诗作《麦布女皇》表现了他的这些思想。在长诗《伊斯兰的起义》中，他的政治思想虽然有了显著的进步，但仍然存在着矛盾，一方面还不主张暴力革命，而另一方面又指出，革命者宽恕敌人，无异养虎为患。因此，在像《致大法官》这样充满着仇恨的抗议诗的末尾，他居然还希望大法官艾尔顿能改恶从善。一直到了1819年以后，血的事实一再教育他，他的政治见解才比较成熟，他终于振臂高呼，号召人民起来反抗反动统治者。他在《暴政的假面游行》中反复地唱道：

> 起来吧，像雄狮初醒，
> 你们人多势众，不可战胜；
> 快摇落你们身上的枷锁，
> 像摇落睡时沾身的露珠：
> 他们有几人？你们却众多。

雪莱晚期的政治抒情诗达到了相当高的水平。那首著名的《给英国老百姓之歌》的前六节有力地揭露了剥削者和被剥削者的关系，而且号召工人农民起来改变自己的奴隶处境。他这样写道：

> 英国人，何苦为地主耕植，
> 他们把你们当牛马来驱使？
> 何苦辛勤地、细心地织造——
> 为你们的暴君织造锦袍？

> 那群忘恩负义的雄蜂，
> 他们从出生以至寿终，
> 全由你们保护，给吃给穿，
> 却把你们的汗水，不，血液舔干！
> ……

你们播种，别人收获；

你们创财富，别人去掌握；

你们缝衣裳，都让别人穿，

你们铸武器，别人挂腰间。

播种，——但不许暴君搜刮；

创造财富，——但不许骗子讹诈；

织布缝衣，——不给懒汉穿，

铸造武器，——保卫自己的安全。

显然，像这样洋溢着革命热情、鼓动工农群众起来向地主、资本家作斗争的诗篇，出现在19世纪初是难能可贵的。

雪莱抒情诗中有很大一部分是描绘自然的。雪莱熟悉大自然。他写遍了"风花雪月"。但是出现在他笔下的又是怎样的"风花雪月"？《西风歌》是一个例子。雪莱在这首诗里为旧世界唱了"挽歌"，同时也表现了对未来的强烈革命信心。诚然，雪莱憧憬的未来社会带着浓厚的空想社会主义色彩；但是，在19世纪初期那些在资产阶级氛围中成长起来的诗人中，有几个能唱出"如果冬天来了，春天还会远吗？"这样的歌声呢？

雪莱的政治抒情诗大多是揭露封建主义和资本主义统治的黑暗现实，所用的语言单纯而具体；而他的以自然为题材的抒情诗则往往用另一种梦幻式的笔调，以种种神奇的比喻和形容词，尽情地抒写他所梦寐以求的美好的未来社会。在他笔下，大自然是变幻多姿、生气勃勃的，从而与当时黑暗沉闷的社会现实形成鲜明的对比。然而雪莱又总是暗示，这种社会现实是可以改变，而且必须改变的。《云》最富于这种象征性。"云"是为他人创造幸福的；"云"是自由地变幻着的；"云"是快乐无忧的。

对《云雀歌》也可以作如是观。那高飞入云的欢歌的云雀是诗人所幻想的未来美好社会的人的形象。

但是由于时代的局限，雪莱不可能摆脱当时资产阶级政治思想的影响。我们从他那慷慨的歌声中仍然可以听到资产阶级民主主义者所歌唱的"自由、平等、博爱"的调子。（像《新国歌》所歌颂的"不朽女皇"只是抽象的"自由"之神，《那不勒斯颂》《自由颂》这些歌颂革命的诗篇除了"自由、平等、博爱"的概念以外，还有一些神秘和晦涩的味道。）原来在当时的欧洲，特别是当时的英国，新兴的无产阶级虽然还不成熟，但已登上政治舞台，知识分子中间也相应地出现了新型的人物，例如一些卓越的空想社会主义者们。然而这些人（可以说雪莱也是他们中间的一个）却仍然是在启蒙运动思潮的影响下成长起来的。他们不能完全摆脱人道主义、人性论的影响。当时的社会主义思想还只是18世纪启蒙主义者们提出的原理的进一步的或较为彻底的发展，科学共产主义理论还未诞生，雪莱和一些空想社会主义者们一样，还不能找到切实的革命道路。他们也不能避免他们的出身和教养加在他们思想上的烙印。

其次,雪莱的诗歌虽然激励着在封建主义、资本主义奴役下的劳动群众起来作反抗斗争,但是他对于人民的力量、人民的革命情绪,仍然是估计不足的。如上所述,在《给英国老百姓之歌》里,雪莱虽然以满腔热情鼓动英国劳动人民起来向地主、资本家作斗争,但是这首诗的最后两节是这样的:

> 还是钻进你们的地窖和破屋去,
> 把你们造的楼厦让别人安居;
> 何必挣脱你们自己铸的铁链?
> 看,你们炼的钢对你们瞪着眼。
>
> 用你们的铁锹和犁锄,
> 挖好你们自己的坟墓;
> 用织布机织好你们的尸衣,
> 等候美丽的英伦变成你们的墓地。

这当然是反话,甚至是有意激励群众的话,然而毕竟反映了雪莱不够相信劳动人民的革命潜力。《写于卡斯尔累当权时期》一诗中的某些语句也有类似的倾向(例如说英国人"像一堆堆泥土,麻木不仁,任人践踏,犹不动弹"等)。我们在读《云雀歌》一类的诗篇时,细细咀嚼,便会感到,在雪莱眼里，当时现实生活中的人们，与云雀相形之下，未免显得太无能为力了。历来也有不少的评论家曾经指出，雪莱和拜伦在对待人民群众的态度上是大不相同的，拜伦瞧不起群众，雪莱却比较接近群众，而且并不把自己看得比群众优越。虽然如此，雪莱还是没有充分认识到群众自己解放自己的力量。正如普列汉诺夫说过的："雪莱也会对他的人民愤怒的。他愤慨他们的缺点。……他不是认为那是人民争取自己的解放，而是相反的，他们太少争取它了。"①

雪莱在哲学观点上倾向唯物主义，但是他的唯物主义有时却是带着唯心主义的姿态出现的。一些形而上学的概念影响着他的辩证思想得到充分的发展。例如，在《白山》这首诗中，雪莱探究着雄伟的物质世界的根本动力，他肯定了世界是物质存在，肯定了一切都在变化，但是他看不透物质的"自己运动"，于是把"留居在他方"的抽象的"力"当做一切的主宰。在《精神美的赞美》中，雪莱咏叹着柏拉图式的唯心主义的"精神美"，即神秘的"美的精灵"，尽管这个"美的精灵"与唯美主义者们的"美神"有所不同，它是要"使这世界摆脱黑暗奴役"的。在《含羞草》中，雪莱也提出了类似的唯心主义见解：在变化的铁的规律下，花朵会凋谢，花园会荒芜，花园的主人也会长逝，但是"美"永不会消逝，

---

① 〔俄〕普列汉诺夫：《论西欧文学》，吕荧译，人民文学出版社1957年版，第99页。

"爱"永不会死去。雪莱没有能完全摆脱这样一些抽象的唯心主义概念。

雪莱的思想有着朴素的辩证法的因素。正如他在《变》（1815）一诗中说的：

除了变，一切都不能长久。

他用这种辩证的观点看待历史，他在许多诗篇中（例如《奥西曼狄亚斯》《致大法官》《给威廉·雪莱》等）都或直接或间接地断言暴政不是永恒的，未来是属于被压迫的人民的。然而这种"一切都不能长久"的观点在他的另一些诗篇中却又得出了消极的结论。例如他在另一首《变》（1821）中唱道：

花朵盛开在今天，
明朝呀就会枯死；
一切我们之所恋，
诱人地一闪即逝。
什么是人间的欣欢？
就如闪电嘲弄夜晚，
固然灿烂，可惜短暂。

雪莱写过不少这种感伤的小诗，他欢歌未来的"黄金时代"，却又时时低吟凄苦的诗句，抒写个人的哀愁。甚至在《西风歌》这一充满革命乐观主义精神的名篇中，也还是多少流露了一些感怀自己身世的悲凉情绪（特别是在该诗的第四节中）。像《诗数章（在那不勒斯附近，心灰意懒时作）》、《招不幸女神》、《致玛丽·雪莱》二首（1819）、《歌（你真难得，真难得来……）》、《悲歌（哦，世界！哦，时光！……）》、《忆》《致爱德华·威廉斯》等篇大多是感叹自己的孤独，惋惜青春的逝去，或者诉说爱情的烦恼。这些篇什似乎与作为革命家的雪莱很不调和，然而这是革命低潮时期一个革命者感到的孤独和忧伤。雪莱之所以为雪莱，是在于他能够预见和幻想人类的光明前途，并以此作为他思想和生活的寄托，从而压制和克服个人的伤感。拜伦和其他一些19世纪的浪漫主义者不同，后者的个人感伤常常转化为对全人类的憎恨。

总之，雪莱的思想和诗是充满着矛盾的：唯物主义与唯心主义的矛盾、朴素辩证法因素与形而上学概念的矛盾、主张暴力革命还是和平改革的矛盾、坚强的革命乐观主义精神与个人忧郁感伤情绪的矛盾……但在所有这些矛盾中，前者总是逐步地压倒后者。他的唯物主义倾向是主要的；他的后期作品（包括他的主要作品《解放了的普罗米修斯》）大多是鼓动人民起来反抗和斗争的，而他早年的和平改革的幻想也早就破灭；他深信一切事物在变化，封建主义、资本主义的统治必定要被推翻，未来的美好社会一定会实现，个人遭遇的不幸并不能动摇他的革命信念，因而他到底是一个革命乐观主义者，是社会主义运动史上的一位先驱。人们惋惜雪莱的短命，因为雪莱是一个有着伟大革命潜力的诗人。雪莱是一曲未完的歌，然而这歌声已使人难忘。

雪莱不是科学共产主义者，也许可以说是个空想社会主义的诗人。空想社会主义者，正如列宁所说，是"不能指出真正的出路"的，他们，"既不会阐明资本主义制度下雇佣奴隶制的本质，又不会发现资本主义发展的规律，也不会找到能够成为新社会的创造者的社会力量"。① 可是作为"社会主义的急先锋"，雪莱的遗产仍很值得我们重视。雪莱毕生所反对的封建主义、资产阶级统治的旧世界，仍然是我们今天所要反对的东西。像《西风歌》《云》《云雀歌》，他的一系列政治抒情诗，以至他的《解放了的普罗米修斯》《希腊》（这些长篇诗剧中都包含着不少抒情诗）等抒情诗剧，读时都仍然是那么动人心弦。此外，雪莱的诗反映着一位先驱者的思想历程。仔细地读，是能够看出他怎样经过一连串的思想斗争，从旧的羁绊中解脱出来而进入新的思想境界的。雪莱是"天才的预言家"。他是一曲未完的歌，然而这歌声使人难忘。

杨熙龄
1965 年

---

① 《列宁全集》第十九卷，人民出版社 1959 年版，第 7 页。

目　　录

早期诗作

一只猫咪 / *3*

爱尔兰人之歌 / *6*

孤独者 / *8*

爱情的玫瑰 / *10*

致玛丽 / *12*

致一颗星 / *14*

在罗伯特·安麦特墓畔（断片）/ *15*

致×× / *16*

变 / *17*

夏天黄昏的墓园 / *19*

致华兹渥斯 / *21*

一个共和主义者闻波拿巴垮台有感 / *22*

一八一六年

精神美的赞美 / *25*

白山 / *31*

一八一七年

致大法官 / *41*

给威廉·雪莱 / *47*

奥西曼狄亚斯 / *51*

大鹰 / *52*

撒旦脱逃（断片）/ *53*

音乐（断片一）/ *54*

音乐（断片二）/ *55*

一八一八年

致尼罗河 / *59*

一朵凋谢了的紫罗兰 / *60*

招不幸女神 / *62*

诗数章（在那不勒斯附近，心灰意懒时作）/ *68*

亚平宁山（断片）/ *72*

致拜伦（断片）/ *73*

一八一九年

写于卡斯尔累当权时期 / 77

给英国老百姓之歌 / 80

1819年两个政治人物的姿态 / 83

新国歌 / 85

1819年的英国（十四行诗）/ 88

颂歌 / 89

西风歌 / 91

规劝 / 96

爱的哲学 / 98

致玛丽·雪莱（我最亲爱的玛丽……）/ 100

致玛丽·雪莱（世界如此惨淡……）/ 101

致意大利（断片）/ 102

"是不是在一个更美妙的世界"（断片）/ 103

一八二〇年

含羞草 / 107

云 / 135

云雀歌 / 140

自由颂 / 146

普洛塞嫔之歌 / 162

阿波罗之歌 / 164

潘之歌 / *167*

问题 / *170*

两个精灵（寓言）/ *173*

那不勒斯颂 / *176*

秋：一曲挽歌 / *186*

致月亮（断片："你为什么这般苍白……"）/ *188*

自由 / *189*

夏天与冬天 / *191*

宇宙的漂泊者们 / *193*

奥菲乌斯 / *195*

弥尔顿之魂（断片）/ *202*

一八二一年

致夜 / *205*

时间 / *208*

致××（音乐，当袅袅的余音消灭时……）/ *209*

歌（你真难得，真难得来……）/ *210*

闻拿破仑死讯有感 / *214*

致××（一个字眼使用得太滥……）/ *217*

黄昏：在比萨马勒桥畔（断片）/ *219*

音乐（断片："我渴望着那种神圣的音乐……"）/ *221*

明天 / *223*

诗数行（当我漫步在秋天的黄昏……）/ *224*

"我不愿为王"（断片）/ *225*

一八二二年

给简恩：回忆 / *229*

给简恩："亮晶晶的星星在眨眼" / *234*

悲歌（高声地哀号着，狂暴的风……）/ *236*

岛 / *237*

致月亮（断片："天上灿烂的游女……"）/ *238*

注释 / *239*

译者附记 / *252*

早期诗作

一只猫咪[1]

一

　　一只猫咪正苦恼,
　　　事儿不大也不小。
　好乡亲,我既是个小罪人,
　　　就该老实告诉你:
　　　它呀饿瘪了小肚皮,
　这会儿就想饱饱吃一顿。

二

　　你们往往想不到,
　　　形形色色的苦恼
　是怎样折磨世上的住户;
　　　还有种种灾与祸,

就如万千个妖魔,

紧跟着可怜的灵魂,自从他们出娘肚。

三

有人要想活得长;

有些人们却巴望

一个老家伙,趁早就完蛋;

究竟怎样最恰当,

还请大家细思量,

因为我,不能随便瞎扯淡。

四

有人喜欢交际场,

有人专爱换花样,

也有的愿意安安静静过生活,

有的贫苦缺食粮,

有的完全不一样,

万事皆满足,就是没老婆。

五

但这可怜的猫咪,
　　就是要把耗子觅,
来让它小小肚子塞个饱;
　　有人跟它也一样,
　　给他个耗子嚼一场,
就不会日夜唠叨没个了!

1800 年

爱尔兰人之歌

星星也许会失踪,那光明的源泉
也许会沉入无穷的混沌与黑暗,
高楼大厦有一天会倾圮,陆地会沉陷,
但你的勇气,啊,爱林[2],绝不会稍减。

你看,满目是荒凉的断垣废墟;
坍塌尽了,我们祖先的故居;
敌人的铁蹄践踏着我们的国土,
我们最顽强的英雄在沙场上捐躯。

啊,寂灭了,那给人带来欢乐的琴音;
啊,沉默了,我们乡野间狂欢的歌声;
唯闻战歌之声昂扬,刀枪在交锋;
厮杀的呐喊可怕地在我们耳畔绕萦。

啊!英雄们在哪里?胜利地殉难,
他们昏迷地倒卧在溅满鲜血的莽野间;
也许,他们的忠魂驾着炮火的硝烟,

"同胞们！报仇泄恨！"他们连连呼喊。

1809年10月

孤 独 者

一

在芸芸众生的人海里,
　　你敢否与世隔绝,独善其身?
　　任周围的人们闹腾,
你却漠不关心;冷落、孤寂,
像一朵花在荒凉的沙漠里,
　　不愿向着微风吐馨?

二

即使一个巴利阿人[3]在印度丛林中,
　　孤单、瘦削、受尽同胞的厌恶,
　　他的命运之杯虽苦,
犹胜似一个不懂得爱的可怜虫:
背着致命的负荷,贻害无穷,

那永远摆脱不了的担负。

三

他微笑——这是悲哀的最严厉的讽刺；
　他说话——冷冷的言词，不是从灵魂流露；
　他和别人一样行动，吃着美味的食物；——
然而，然而他盼望——虽然又害怕——死；
他渴望抵达，虽然又像要逃避
　那灰色生涯的最终的归宿。

1810 年

爱情的玫瑰

一

希望,奔腾在年轻的心里,
 经不起岁月的折磨!
爱情的玫瑰长着密密的刺,
 它欣欣吐苞的处所,
 总是春寒料峭。
少年说:"这些紫花儿属于我",
 但花儿才怒放就枯槁。

二

赠给幻想的礼物多么珍贵,
 可是才授予就被索还:
芬芳的是那天国的玫瑰,
 然而竟移植到地面,

它欣欣地开放，
但地上的奴隶将花瓣揉碎，
　　它才盛开，霎时就凋亡。

三

岁月摧毁不了爱情，
　　但薄情寡义会使爱之花遭殃，
即使它正在幻想的绿荫中怒放，
　　也会突然凋谢，使你猝不及防。
　　岁月摧毁不了爱情，
但薄情寡义却会把爱情摧残，
　　会毁坏它闪烁着朱红光芒的神龛。

1810 年

致 玛 丽[4]

一

扑灭你眼中悲哀的光焰吧,少女,
这光焰在你疲惫的眼中挣扎;
要敢于从命运的废墟
借取决心,你应该坚韧不拔;
因为朝霞迸射的金光万道,
也未必有如此之灿烂华美,
像你身上的那一片光华闪耀,
那不可掩蔽的、最美的光辉。

二

然而是否断了,那命运之线——
它曾将你可爱的灵魂与幸运缚在一起?
它竟把你扔在如此无情的世间,

让你柔肠寸断,悲伤不已?
可是,你,哀痛欲绝的美人,
虽然喝着悲哀的苦酒,
且梦想吧,你将遇见你所爱的人,
在天堂里,永远不再分手。

三

像你所怀抱的如此美好的梦想,
我也甘愿拿生命来交换;
我将含笑做一个殉道者而死亡,
对着那爱情的不流血的祭坛。
为了心底的宝藏,你愿以身殉;
如果我也拥有如此珍贵的宝藏,
我决不愿拿它换取高龄,
换取干瘪的两颊和白发苍苍。

1810—1811 年

致 一 颗 星 [5]

可爱的星啊,你高高地照临黑魆魆的大地,
在那银辉四射的朵朵轻云中飞驰;
夜的面纱给微波不兴的湖面挡住阳光,
你缀于她朦胧面纱上的那璀璨的钻石
照亮了神圣的爱的时刻;你的光芒多么可爱,
胜过转瞬即逝的晨星的惨白光辉:——
可爱的星呵!当疲惫的大自然沉沉入睡,
万籁俱寂——除了那爱情的声息,
它还发出断断续续的喃喃低语,
随着温柔的法佛尼阿[6]芬芳的气息飘荡,
向寂静的耳畔轻轻叹息;星星啊,
难道你就不能用你柔和而怜悯的眼光,
催那些逐利的奴才安息?啊,我愿守望着你,
让我在你可爱的光芒下整个儿沉醉。

1811 年

在罗伯特·安麦特墓畔[7]（断片）

没有号角来宣扬你的美德。这坟墓，
藏着你的美德和骸骨，还不是世人膜拜之处，
除非你的敌人——他们还在世上走运——
在你名字的光芒下，化作烟雾而消隐。

只等那掩盖着阳光的一团团乌云流散，
那不灭的生命源泉又会闪着光芒涌现；
只等爱林不再为逝者的记忆而苦恼，[8]
她将挂着复活之泪，向你微笑。

1812 年

致 ××[9]

注视着我吧——别转移你的眼波,
 你的明眸把我眼里的爱当做食粮;
但我眼中流露的爱情,实在说,
 只是你自己的美在我灵魂上的反光。
 同我说话吧——你说话的声响
就像我心灵的回音;我仿佛已听清:
 你说你仍旧爱我;然而你的模样,
却如一个顾影自怜的人,百事不关心,
除了映在镜中的你自己的倩影;
可是我目不转睛地看你,已耗尽我的生命;
 这常是一种甜蜜的折磨;况且你真慈祥,
当我感到困乏的时候,你对我如此怜悯。

1814—1815 年

变

我们好像那遮掩住夜半月亮的云朵,
  不停地奔驰、发光、颤动,
把黑夜装饰得光彩斑斓,
  但夜幕遮闭,云块永远失踪。

又像那被遗忘的琴,那走了调的琴弦
  随着风儿吹动,发出种种声响;
你在它衰老的身躯上弹一回,
  发出的音调总与上回的两样。

我们安息,但一场梦会断送了睡眠,
  我们起身,一个杂念会破坏一天的情绪;
我们感受、想象或思考,欢笑或啼哭,
  忽而工愁,忽而又抛却忧虑:

都是一样!因为无论欢欣或悲伤,
  都不会长久地羁留;
人的昨天总是和他的明天两样;

除了变,一切都不能长久。

1814—1815 年

夏天黄昏的墓园

(在格罗斯特郡的里奇累德)

风已从辽阔无涯的天庭
扫除了遮蔽落照的缕缕云烟;
灰暗的黄昏绕着白日惺忪的眼睛,
把自己的金发编成黝黑的长辫:
不为人所爱的寂静和暮霭,
从那边黑暗的幽谷,手携手而来。

它们向临去的白天念着魔咒,
围困住大地、空气、星星和海洋;
光、声和运动都受了蛊惑,
顺应着魔咒,各各现出神秘的模样。
风静止了,要不就是那教堂塔上的枯草
没有发觉风儿经过,因为它的脚步轻悄。

你也是,云堆!你的一座座山头,
像神龛上一簇簇金字塔般的火焰,
默默地服从它们甜蜜而庄严的魔咒,

用天堂的色彩涂上你朦胧遥远的顶尖；

向着这渐渐模糊不清的高峰，

在星星中间，夜的阴云一层层围拢。

死者睡在他们的墓穴里，

慢慢地腐烂；一阵颤动的低呼，

似真实，似想象，从他们满生蛀虫的床上响起，

在黑暗中，惊动了周围的一切生物，

这声音又在不知不觉间可怕地消歇，

没入喑哑的天空和宁静的夜。

似这般的庄严和温柔，死亡，

正如这最静的夜一样柔和而不足惧；

像一个在坟墓上玩耍的、好奇的儿童一样，

我也想着：死一定把神秘的好事瞒住，

不让人类知道，否则一定有最美的梦，

永远伴着死亡，在它屏气凝声的长眠中。

1815年9月

致华兹渥斯[10]

讴歌自然的诗人,你曾经挥着泪,
看到事物过去了,就永不复返:
童年、青春、友情和初恋的光辉,
都像美梦般消逝,使你怆然。
这些我也领略。但有一种损失,
你虽然明白,却只有我感到惋惜:
你像一颗孤星,它的光芒照耀过
一只小船,在冬夜的浪涛里;
你也曾像一座石砌的避难所,
在盲目纷争的人海之中屹立;
在光荣的困苦中,你曾经吟唱,
把你的歌献给真理与自由之神——
现在你抛弃了这些,我为你哀伤,
前后相比,竟至于判若二人。

一个共和主义者闻波拿巴垮台有感[11]

我憎恨你,垮台了的暴君!
像你这么个最卑贱不过的奴才,
在自由的墓畔手舞足蹈,真使我愤慨。
你本来可能在你那宝座上坐稳,
但你贪嗜那血腥的过眼繁华,
它却已被时光冲洗得无踪无影;
但愿叛卖、奴役、贪婪、恐惧、肉欲和屠杀,
伴你长眠——你就是它们的主人;
而且让它们把你闷死。有一点,
可惜我知道得太晚,因为你和法兰西,
都已一败涂地:除开暴力和欺骗,
美德还有一个更长久的仇敌:
那就是陈旧的风习,合法的罪行,
和时间的最丑恶的产物:血淋淋的迷信。

一八一六年

精神美的赞美[12]

一

有个无形力量的庄严的幻影,
虽不可见,总在我们身边潜行,
访问多变的世界,像熏风阵阵,
悄悄飞行在花丛中,捉摸不定;
像月光的柔波洒向山间松林,
它那灵活的、流盼不定的眼睛,
看着每一张脸和每一颗人心;
像黄昏的色泽与谐和的乐声,
像在星光之下流散着的轻云,
像音乐在记忆里留下的余音,
像一切优雅而又神秘的事情,
正因为神秘,越显得可贵可亲。

二

美的精灵！人类的思想和形态，
只要披上了你那绚烂的光彩，
就变得神圣；然而你如今安在？
你为何悄悄离去，同我们分开？
留下这幽暗的泪谷，空虚颓败？
何以阳光不能编织虹的丝带，
永挂在山间的河上，而不褪色？
为何曾经璀璨的会暗淡、凋衰？
为什么生与死，梦幻以及惊骇，
使得人间的日光也变成阴霾？
为什么失望和希望，仇恨和爱，
在人心之中变化得如此厉害？

三

没有从天外传来的神秘言语
解除哲人或诗人的这些疑虑；
所以魔鬼、精灵、天堂这些名目，

依然是他们徒劳无功的记录,
只是些空洞的咒语,于事无补,
绝不能从我们的耳闻和目睹,
抹掉那无常之感、怀疑和命数。
唯有你的光,像飘过山峦的雾,
也像晚风把静止的琴弦轻抚,
将那曼妙的音乐轻轻地散布,
又像月光在午夜的河上飘浮,
给生之噩梦以美和真的礼物。

四

爱、希望与自尊,如缥缈的云烟,
匆匆而来,但转瞬就烟消云散;
人类将会不朽,他的能力无限,
只要你——虽然你是神秘而威严——
带着你的随从守在人的心田。
你是信使,传送着热烈的情感,
在情人眼中,这感情消长变幻;
你也是滋养人类思想的补丸,
又如黑暗衬托着微弱的火焰! [13]
不要蓦然离去,像你来时一般;

别逝去,否则死将是漆黑一团,
就同生活与恐惧一样的黑暗。

五

为了实现与死者畅谈的希望,
我少年时总爱悄悄蹑足探访
那阒寂无声的洞穴、废墟、空房,
还有那星光照耀之下的林莽。
我把自幼即熟知的鬼名呼唤,
没有答复,也没看见鬼的形象。
一次我沉入生命归宿的默想,
阵阵和风把求爱的歌儿吟唱,
要世上一切的生物醒来宣讲:
快来临了,那鸟语花香的时光;
突然,你的影子笼罩到我身上,
我狂呼,我两手紧握,惊喜万状!

六

我曾发过誓言,我要献身于你,

献身你的行列；这我可曾背弃？
心儿扑扑跳动，泪水倾流不已，
啊，就是现在我也想低声唤起，
唤起古人的魂，从无声的墓地；
在我苦读和热恋时的幻想里，
它们常伴着我度过长夜凄凄，
它们知道我脸上无一丝乐意，
除非一个希望在我心头浮起：
你将使这世界摆脱黑暗奴役，
希望你，最庄严而最美丽的你，
赐给那文字无法表达的东西。

七

晌午过去，白日变得宁静清虚，
秋天里，仿佛响着谐和的乐曲，
明媚的色彩流泛在秋的天宇，
这些是整个夏天所不能赐予；
夏天里万万想不到这种境遇！
你的力量，既像那自然的规律，
影响我年轻时代的思想至巨，
对我今后岁月，请将清寂赐予，

因为我永远以你的信徒自许,
崇拜你寄迹寓踪的一切事物;
啊,美丽的精灵,正是你的魅力,
使我爱人类,而警惕不敢自诩。

白　山[14]

（写于沙摩尼谷）

一

永无穷尽的万物的宇宙，
流过心灵，翻动着滚滚的浪头，
时而黝黑，时而闪烁，时而阴沉，
时而光芒万丈；向着这浩浩的巨流，
人类的思想，敬献出它的贡礼：
从秘密的泉源流出的一道弱水，
流水的声音只有一半属于它自己；
仿佛一道小溪流过荒山中的林莽，
周围是永不停歇的潺潺的瀑布，
树林和风争吵着，而一道巨川，
在山谷里不休地澎湃狂呼。

二

你就是这样,阿夫谷,深沉而幽暗,
你,千万种色彩、千万种声音的河谷,
在你的松树、岩石和洞窟上边,
云影、日光迅速地驶航:多奇伟的风貌!
力之神离开了环绕着他宝座的冰渊,
换上阿夫河的面貌而降临此间,
像暴风雨中一团闪电的雷火,
霹雳一声冲破了这些黝黑的山峦;——
你躺着,巨大的松树像你的一群儿女,
偎依着你;为了对这些古老的孩儿们的眷恋,
无拘无束的风永远在这里飘荡,
饮着它们的芳香,听着它们古老而庄严的音乐,
它们巨大的枝干摇摆时奏出的乐章;
你的一道道地上的虹霓拥抱着
水汽腾腾的奔泻的瀑布,周围的雾,
像裹着不可刻画的形象的一片轻纱;
奇异的睡眠,当沙漠的声息沉寂时,
把一切都笼罩在它的深沉的永恒之下;
你的洞窟向着骚动的阿夫河发出回音:

响亮、孤单的声音，别的声响都不能使它驯服；
你充满着那种永不休止的运动，
你也是永不停歇的声音过往的道路——
使人迷惘的幽谷！当我注视着你时，
我仿佛陷入了美妙奇异的恍惚梦境；
熟视着我心头所独有的幻象，
我自己的、我的这颗人类的心灵，
被动地产生和接受着迅速的感触，
这时就跟历历在目的万物的宇宙
进行一次不间歇的交流；
一队狂放的思想会到处飞翔，
时而在你幽暗的身躯之上飘舞，
时而停留在它们和你都熟悉的地方：
那诗之女巫的寂静的洞穴里，
从那洞穴里浮光掠影的幻象中间寻找
现存的一切事物的幽魂和你的精灵，
某个魂魄，某种模糊的幻影；
直到心灵把这些思想唤回，又发现你赫然存在！

三

有人说，另一个遥远世界的光芒

会照耀熟睡中的灵魂,说死就是睡眠,
而那些醒着的人们的纷乱的思潮
蒙蔽了那个世界的景象。——我抬头眺望,
莫非一个不可知的全能者
揭开了生与死的面幕?莫非在我的梦境中间,
那更为强有力的睡眠的世界,
在远远近近撒下了不可捉摸的光环?
因为精神涣散了,它像一片无家可归的云,
从这座悬崖被驱逐到那座悬崖,
终于消失在无形的阵阵飓风中!
巍巍地,巍巍地刺破无限的天空,
白山矗立着——静穆、雪白、鲜明;
那些臣属于它的、冰石筑成的山峰,
以超凡的姿态,簇拥在它周围;
一处处辽阔的山谷布满了冰河与无底的深渊,
同上边的苍穹一样的澄碧,
在重重的山峦中间伸展、蜿蜒;
这是只有暴风雨居住着的一片荒野,
除非兀鹰衔来哪个猎人的骸骨,
狼追随着它们来到这儿——多可怕的景象
密布在这周围!蛮荒、空旷而高不可攀,
阴森恐怖,支离破碎,而且百孔千疮。
这就是古老的地震之魔鬼教导幼小的废墟

之所在吗？这些都是他们的玩具吗？

要不一片火海曾经覆盖这沉默的白雪？

谁能回答？现在这一切都像是永恒不变。

这荒无人烟之地有一种神秘的语言，

它令人产生可怕的怀疑，或者信仰，

如此柔和、庄重、肃穆的信念，

要不是由于这种信念，人也许能跟大自然相和谐；[15]

伟大的山峰呵，你有一种声音，足以消灭

欺骗和不幸的巨大法典；并非人人都能理解，

而只有智慧的、伟大的、善良的人，

才能把这声音阐释、表达和深深领会。

四

原野、湖泊、河流与森林，

海洋以及居住在这大千世界上的

一切有生之物；闪电、雨水、地震，

猛烈的洪水以及暴风骤雨；

寒冷麻木的季节——潜伏的萌芽

被缥缈的幻梦笼罩，或者无梦的睡眠

拥抱着未来的每一片叶和每一朵花；

还有，它们从那乏味的梦寐中一跃而起；

人类的行为,他们的死亡和诞生,
他们所有的一切和可能属于他们的一切;
凡是活动和生存着的,挣扎着、呼喊着的,
都有生,也都有死;运转、扩展、消灭。
力,却是平静地居留在他方,
遥远、自如而不可即:
我眼前的大地的赤裸裸的形象,
或者即使这些古老的山峰,
都把这一层道理教导给深思的心灵。
冰河像擒食的蛇似地蜿蜒,
从远远的泉源缓缓游来;一座座险峰,
是严寒和烈日为了揶揄人的力量而堆砌:
像一个个穹隆屋顶、金字塔和尖顶,
一座死城,闪烁着无数楼阁和围墙,
都是坚不可摧的晶莹冰块筑成。
然而这并不是城,只是一股废墟的巨流,
从遥远的天际无穷无尽地奔流而来;
庞大的松树点缀着巨流的注定的途径,
或者在龟裂的泥土上光秃地、狼狈地伫立;
从那遥远的废墟滚下来的岩石,
消灭了死的与活的世界的界线,
永不能恢复。虫、兽和鸟的巢穴,
也被这道废墟的巨流所侵占,

它们永远失去了粮食，失去了栖息之所，
生命与欢乐也就这样丧失。
人类恐惧地远避了；他们的事业和住处，
像烟遇到暴风雨似地消散，
他们不知所终。下边，巨大的洞窟，
在奔腾的激流跳跃的光芒下烁闪，
激流从隐秘的深渊轰轰地涌奔，
在山谷里汇合；一道宽阔的河流，
它是遥远的土地的呼吸和血液，
永远呐喊着向海洋奔流而去，
又朝着天空喷出它飞腾的雾。

五

可是白山灿烂地高耸入云：
力，就存在在那里——千万种景象、
千万种声息以及生和死的肃穆的力。
在那没有月光的、黑暗而寂静的晚上，
在悄悄的白日，飞雪降临到那山峰；
当雪片被落日映照得像火花一般，
或者星星的闪光穿过雪花的时候，
也同样没有人看到这光景。

风在那儿无声地争执,用喘急的呼吸
把雪片堆积到山头,可是悄悄无声!
无声的闪电在这儿的静寂中无邪地居住,
像轻雾似地笼罩住白雪。
物质的神秘力量——它驾驭着思想,
也是无穷辽阔的穹苍所遵奉的法则——
这力量也蕴蓄于你身上!
然而你是什么,大地、星星、海洋又是什么,
如果对于人类心灵的想象,
沉默和寂静只是一片空虚?

一八一七年

致大法官[16]

一

你的祖国在诅咒你！瘟疫一般的宗教，
　　像一条丑恶、长瘤、多头的蛀虫，
咬破我们母亲的胸怀；你是蛀虫头上最黑的茸毛！
　　也是埋葬了的死尸的改头换面的妖魂！[17]

二

你的祖国在诅咒你！正义被出卖，
　　真理遭践踏，自然的丰碑[18]被推翻，
用欺骗的手腕积累的成堆金块，
　　吼声如雷地在毁灭之神的座前请愿。

三

那永远听从变幻指挥的天使,
　　行动缓慢,虽然一丝不苟;
还迟迟不执行变幻的最高意旨,
　　虽然全国在哀泣,却暂时放过你和你的伙友。

四

啊,让你的灵魂受到一个父亲的诅咒,
　　让一个女儿把希望寄托于你的坟墓;
两者一齐落在你的白头上——像铅球,
　　压得你跌进近在眼前的地狱!

五

我诅咒你,由于怀抱已久的希望成了泡影,
　　由于一个做父亲的备受侮辱的爱,
由于那种你永不能体会的温暖的感情,

由于悲哀,你冷酷的心无从感受的悲哀;

六

由于那闪着幸福之光的孩子的笑容,
  像一个他乡之客的炉中的火花,
刚燃着就被熄灭了,在无情的暗夜中,
  夜色掩盖了一个可爱的新生的萌芽;

七

由于那牙牙学语的童稚的呼唤,
  这在一个做父亲的人的心里,
就像最有智慧的贤人的金玉良言,
  触动人的心弦!——啊,你真是可鄙!

八

由于父母看着儿童成长时心头的欣喜,
  他们有如花朵儿,含苞未吐;

看他们成长，使人悲喜交集，

　　他们引起最甜蜜的希望和最深的忧虑；

九

由于童年的岁月，将在佣仆的照拂下过去，

　　那种日子充满着冷酷的束缚和痛苦的重负，

啊，谁还有比你们更不幸的遭遇？

　　明明有自己的父亲，却比孤儿还悲苦！

十

由于他们无邪的嘴唇将被人教会虚假的言词，

　　像一朵快盛开的花儿给涂上鸩毒；

由于那黑暗的教义的影子，

　　将遮盖他们从摇篮到坟墓的路途——

十一

由于你所设的最渎神的恐怖地狱；

由于所有不幸、疯狂和你奸诈手腕的罪过——
这些就是你摇摇欲坠的权势的基础。
可是他们却非得无辜地受罪不可。

十二

由于你跟贪欲和仇恨的同谋——
　你对黄金的垂涎——对眼泪的嗜好——
欺诈伎俩,你玩弄得得心应手——
　奴颜婢膝的行为,你本来老于此道——

十三

由于你最残忍的冷嘲,还有你的笑容可掬,
　由于种种险恶的罗网,你所蓄意布置;
还有,你流泪的本领竟胜过鳄鱼——[19]
　由于你的假泪——这些碾碎人脑的磨石;

十四

由于种种的侮辱,阻难着一个父亲的关怀,

由于那种对父爱的阻挠：多狠毒的心肠。
由于那双最野蛮的手，它敢于破坏
　　自然的最尊严的关系；由于你——也由于失望；

十五

是的，"我的孩子们不再属于我"——
　　这种失望使一个做父亲的涕泣；
尽管他们血管里流着的血仍属于我，
　　但是，暴君呵，他们被污损的灵魂却属于你；

十六

呵，奴才！我何必恨你，虽然我对你诅咒；
　　如果你竟扑灭焚烧大地的地狱之火焰，
（你就是这个地狱里的魔鬼，）在你的坟头，
　　这个诅咒将变成祝福。再见，再见！

给威廉·雪莱[20]

一

海滩上的浪潮一阵阵卷来,
　　船儿又小又弱;
乌云盖住幽暗的大海,
　　风儿也在怒号。
跟随我去,可爱的孩子,
跟随我去,虽然风儿不止,
浪儿凶猛,我们不能停留,
否则法律的仆从会把你抢走。

二

他们抢走了你亲爱的姊姊和哥哥,[21]
　　使你们不能团聚一处;

他们从小脸上抹掉了泪痕，吓退了笑涡，
　　这些在我本是神圣的事物。
他们把含苞欲放似的孩子变做奴隶，
要他们追随罪恶的信仰和目的；
他们会把你我的姓氏诅咒，
因为我们是无畏而自由。

三

来吧，最可爱的宝贝；
　　在你亲爱的母亲忧愁的怀里，
另一个正在那里安睡；[22]
　　你将会使她感到欣喜，
当你露出最美的、惊异的微笑，
看到那真属于我们的小宝宝；[23]
以后在那遥远的国土，
你就有一个最亲密的伴侣。

四

别担心暴君们的统治没个完，
　　也别害怕邪恶信仰的教士；

他们已站在怒吼的河流边缘,
　正是他们自己用杀戮把河水染赤。
河水从千万个深渊里奔来,
在他们周围奔腾、汹涌、澎湃;
我已看到他们的剑、他们的冠冕,
浮荡在永恒的潮流上,像一只破船。

五

好孩子,歇着吧,别再啼哭!
　你害怕船儿的摇晃,
风浪的吼叫,还是冰冷的水珠?
　最亲爱的,有我们坐在你身旁:
我,还有你的妈妈;我们心里明了,
使你如此害怕的海上风暴,
哪怕它像一个个黑暗的、吃人的坟墓,
也不及那些野蛮的奴才们残酷,
他们追逐我们,教我们在波浪上颠簸。

六

这个时刻,就会在你的记忆里

成为遗忘了的往日的一场梦幻；
我们快到宁静的、金色的意大利，
或者希腊，那自由之母居住的土地，
我们将住在它们碧蓝的海滨；
　　我将教会你小小的舌尖
用古老的英雄们自己的语言，
去召唤那些古老的英雄；
我将以希腊学问的火焰，
来陶冶你成长着的灵魂，
你将有权说，你是在爱国者之邦长成！

奥西曼狄亚斯[24]

我遇见一旅人,从某古国来此间;
他说:有两条极大的石腿,没有躯体,
站在沙漠中……一张破碎的石脸,
掉在近旁的沙土上,一半沉入沙里:
那瘪嘴,蹙着的眉尖,阴森傲慢的威颜,
说明雕刻者熟谙其人的喜怒;
如今这姿态还保存在无情的石块上,
虽然雕刻家和石像的原型早化作尘土。
石座之上还铭刻着这样的字句:
"我名奥西曼狄亚斯,王中之王;
看我丰功伟绩,强者,快自叹勿如!"
此外,荡然无物。巨像的残骸四围,
唯有单调而平坦的黄沙漠漠,
无边无际,伸展到渺渺茫茫的天陲。

大　鹰[25]

雄伟的鹰！你翩翩飞翔，
在那迷雾笼罩的山间森林之上，
　你疾驰在朝暾的光芒里，
　像一朵祥云飘飞，
当夜幕降临，暴风雨快来到，
你傲然蔑视那乌云的警告！

撒 旦 脱 逃 [26]（断片）

一个金翅膀的天使,
　　面对着永恒的审判宝座：
他脸色铁青，恶魔们的血
　　溅满了他白净的手足。
于是圣父和圣子,
得悉斗争已经开始。
他们知道撒旦已挣脱锁链,
附从他的魔鬼何止万千,
又一次窜犯整个人间。
那天使还未把情况说完,
　　一阵悦耳的呼呼的风声,
　　如群鸟鼓翼，越来越近；
突然间，灯盏的光变得暗淡——
就是那七位天使长跟前的灯,
在天堂里一向燃得通明。

音　　乐（断片一）

你是打开泪泉的银钥，
　　灵魂在泪泉边痛饮，使头脑如醉如痴；
你是埋葬了千万种恐惧的、最温暖的墓穴，
　　恐惧之母——忧虑——像一个瞌睡的孩子，
　　　　在花丛里熟睡了。

音　　乐（断片二）

不，音乐，你不是"爱情的粮食"，
除非爱情吃的就是它可爱的自身，
终于成为音乐所咏叹的一切。

一八一八年

致尼罗河[27]

一月复一月，阵阵的雨水下降，
灌溉着隐秘的埃塞俄比亚的溪谷；
严寒与酷热奇异地相逢在阿特拉斯山上；
在这些沙漠之国中的雪峰下边，
绵延着大片覆盖着白雪的旷原。
在尼罗河上空的天宇中，居住着暴风雨，
狂风和闪电缭绕，它们以猛烈的咒语，
催促尼罗河水奔向伟大的终点。
在埃及历史悠久的土地上，洪水泛滥，
那是你造成的呵，尼罗河——而且你知道：
你流过哪里，那里就弥漫沁人肺腑的空气
和邪恶的风暴，那里就产出甘果和毒药。
留意着吧，哦，人类，知识之对于你，
必如那汤汤洪水之于埃及。

一朵凋谢了的紫罗兰

一

花朵儿的芳香已经散尽,
它像你的吻,曾经向我吐馨;
花朵儿的彩色已经暗淡,
只有你在时,它才鲜妍!

二

那毫无生气的干瘪形骸,
还伴着我孤单的胸怀;
它以默默安息的冷冷神情,
讥嘲着这颗还是火热的心。

三

我哭了,我的泪不能使它复生!
我叹息,它再不会向我吐馨;
我也将接受这样的命运,就如花朵,
无所抱怨,而保持着沉默。

招不幸女神

一

来吧,请高兴地坐在我身边,
身穿阴影之衣的不幸女仙!
腼腆、躲闪而沉默的新娘,
穿一袭矜持的锦衣,深心忧伤,
你就是神化了的悲怆!

二

来吧,请高兴地坐在我身侧,
也许你见我带着悲苦的神色,
我还是远远比你欢畅,
姑娘呵,高贵的额上
戴着不幸之冠的姑娘。

三

不幸！我们从来是非常亲密，
亲密得就像姊姊和弟弟，
我们在那寂寞的家园，
相处多年——我们还将为伴，
一起度过几多的流年。

四

这虽然是个不幸的运命，
但要使它成为不幸中之大幸；
如果欢乐死了，爱情还能活，
我们相爱吧，在我俩的心窝，
不幸的地狱终将变成天国。

五

来吧，高兴地躺在我身旁，

躺在刚修剪的芳草地上,
蚱蜢在草丛里欢歌——
全世界都使人伤心难过,
兴高采烈的就只它一个!

六

我们的篷帐就是那嫩柳,
你的柔臂当做我的枕头;
让那悲哀的声音和气味——
它们悲哀,因为曾一度甘美,
让它们催我们入睡,深沉而酣醉。

七

啊!你冰凉的脉搏跳得多迅速,
激荡着满腔爱情——你不敢倾吐。
你在低语——你在哭泣——
是否你冰一般的胸口跳得迅疾,
而我燃烧的心灵却睡得昏迷?

八

吻我吧;啊!你的嘴唇冰凉:
你的两臂搂住我的颈项——
它们虽柔软,可是寒冷彻骨;
你的眼泪向我头上倾注,
冷得像冰冷的铅珠。

九

我俩快快登上新婚的床,
它就铺设在坟墓的下方:
我们的爱就藏在一团黑暗之内,
遗忘将是我们的衾被,
更无人打扰我俩的安睡。

十

紧紧地拥抱我,让我俩的心

像两个影合成一个影；
让这一场可怖的激动，
在永无尽期的长眠之中
像一片轻雾似地消融。

十一

在那无穷的长眠里，我们会梦见：
我们不再用眼泪洗脸；
抛弃了生活的不幸姑娘，
就如欢乐姑娘梦见你一样，
你也可同我一起梦见欢乐的形象。

十二

让我们向着地上的阴影，
开怀地大笑，欢乐尽情，
就像小狗朝着月光下的浮云狂吠，
那些云块像鬼魂穿着尸衣，
成群结队飞过黑夜的天际。

十三

除了我俩,整个大千世界,
就像成千上万的傀儡,
在一个舞台上匆匆来去;
在我们俩的心目里,
它们除了滑稽,还有何含义?

诗 数 章

(在那不勒斯附近,心灰意懒时作)

一

暖和的日光,澄碧的长空;
　轻快地舞蹈着,闪烁的海波;
蓝色的岛屿,雪白的山峰,
　披上了晌午的紫色纱罗;
　湿土的气息柔和,
笼罩住未吐的新芽;
　像千种声音唱出一种欢乐,
涛声、风声,鸟语吱喳;
像幽婉的低语,那城中的喧哗。

二

我看着人迹不到的海底,

绿的、紫的海藻在那儿生长；
我看着浪花向岸边拍击，
　　像流星雨似地发散光芒；
　　我独坐在沙岸之上，——
晌午的海泛起灿烂的波纹，
　　在我四周闪光；起伏的波浪，
有节奏地传来了一片乐音，
多么悦耳！但有谁与我共享此情此景？

三

唉！我是环境不安，内心不宁，
　　我既无希望，又复多恙，
也缺少那种睥睨财富的满足心境，
　　那是智者所独有，靠了默想，
　　他们头上环绕着一圈内心的灵光——
我无名、无权、无爱，也无清闲工夫，
　　这些，有的人却早已饱尝，
他们笑着过活，说活着是幸福；——
而对于我，生命之杯却是这么悲苦。

四

然而这失望之感却也轻松,
　　就像那柔和的风声、涛声;
我能躺卧着,像一个疲倦的儿童,
　　在哭泣里忘却忧患的人生;
　　除非死亡像睡梦般悄悄降临,
我总得忍受着这样的生活;
　　但有一天我会感到两颊渐冷,
在温暖的空气中;听着那海波,
在我垂死的耳畔发出单调的吟哦。

五

待我死后,有人也许会伤神,
　　就像我哀悼这美丽的一天消逝;
我残破的、早衰的心灵,
　　已用太早的伤悼玷污这美好的一日。
　　人们也许为我伤心——因为我生时
不为人所爱,——但终不会悼念我,

像他们悼念这过去了的日子：
当太阳收起它纯洁之光而沉落，
这一天也将在记忆中珍藏，像享受过的欢乐。

亚平宁山（断片）

听哪，听哪，玛丽我爱，
听亚平宁喃喃的独白！
像殷殷雷声把屋顶震动，
也像被拘禁的俘虏在地洞中
听到北方的一片海洋
澎湃着浪潮的声响。
光天化日之下的亚平宁，
是一座大山，莽苍苍，黑沉沉，
偃卧在大地和穹苍之间；
但到了夜晚，一阵可怕的混乱
就在幽暗的星光之下出现，
亚平宁山就随着风暴一起走动，
笼罩住……

致 拜 伦(断片)

啊,伟大的心灵,在你深深的激流中,
这时代,像一叶芦苇在无情的风暴里摇动,
但你何以克制不了自己神圣的忿怒?

一八一九年

写于卡斯尔累当权时期[28]

一

冷冰冰的是墓中尸体;
铺街的石子没有声息;
流产的胎儿死在子宫里,
他们的母亲都露着惨白的脸,
就像丧失了自由的阿尔比温[29]死气沉沉的海岸。

二

她的儿女们[30]就像铺路的石板,
也像一堆堆泥土,麻木不仁,
任人践踏,犹不动弹;
使她受尽了痛苦的那个死婴,
就是自由,已在打击之下殒命。

三

压迫者,你尽可践踏和跳舞!
因为你的被害者不知抗恶;
你就是唯一的王,唯一的主,
你占有她的所有尸体、骸骨和死婴——
这些,正好给你铺一条通向坟墓的途径。

四

你听见吗?狂欢的叫嚷从里边传来:
死亡、毁灭、罪恶和钱财,
都在狂呼:破坏,破坏!
这酣醉的宴会使得真理沉默,
宴会上唱着你的婚礼之歌。

五

啊,快快娶你可怕的媳妇!

让恐惧、不安、争夺
　　趁早就给你搭好床铺!
同废墟结婚吧,暴君!让恶魔带引你,
走向你们新婚的床席!

给英国老百姓之歌

一

英国人,何苦为地主耕植,
他们把你们当牛马来驱使?
何苦辛勤地、细心地织造——
为你们的暴君织造锦袍?

二

那群忘恩负义的雄蜂,
他们从出生以至寿终,
全由你们保护,给吃给穿,
却把你们的汗水,不,血液舔干!

三

英国的工蜂,你们为何打造刀剑,
冶铸出钢鞭与铁链,
让无刺的雄蜂持以掠夺
你们被迫劳动的产物?

四

你们曾否享受闲暇、安宁和舒适,
居室、食物和爱情的香脂?
否则你们受苦受难受惊慌,
代价这么高,得了什么报偿?

五

你们播种,别人收获;
你们创财富,别人去掌握;
你们缝衣裳,都让别人穿,
你们铸武器,别人挂腰间。

六

播种，——但不许暴君搜刮；
创造财富，——但不许骗子讹诈；
织布缝衣，——不给懒汉穿，
铸造武器，——保卫自己的安全。

七

还是钻进你们的地窖和破屋去，[31]
把你们造的楼厦让别人安居；
何必挣脱你们自己铸的铁链？
看，你们炼的钢对你们瞪着眼。

八

用你们的铁锹和犁锄，
挖好你们自己的坟墓；
用织布机织好你们的尸衣，
等候美丽的英伦变成你们的墓地。

1819年两个政治人物的姿态[32]

一

仿佛在一棵古老的橡树上,
　　两只饿鸦聒噪,
呱——呱——呱地直嚷,
因为它们闻到一阵异香:
　　新故者的尸体在中午香味缭绕——

二

仿佛两只夜鸟,吱吱喳喳,
　　飞出墓边水松树上的窝,
想对夜空进行恫吓,
月亮正好突然病发,
　　没有星星,有则也不多——

三

仿佛一条鲨鱼和一条小鲛,
　　在大西洋一个岛屿下等待,
等待贩黑奴船的来到,
船上的负载引起了它俩一场争吵;
　　它俩扇动着红色的鳃——

四

就是你俩;你们是两只嗜斗的兀鹰,
　　两只蝎子,在潮湿的石块下做巢,
两只饿狼,干渴的喉头咯咯作声,
两只乌鸦,依附着患疫疠的畜群,
　　两条毒蛇,纠缠成了一条。

新 国 歌

一

求主降福赐恩,
求主救活英伦
　　被害的女皇!
快快用胜利,
为自由铺成阶梯;
只有她,在英国人心里,
　　是不朽的女皇。

二

瞧,她来了,从云端,
驾着不朽之飞船!
　　主佑女皇!

千人万人在等,
坚决、迫切、兴奋,
等待她圣驾光临!
主佑女皇!

三

她是你纯洁之魂,
主宰着浩浩乾坤,
　　主佑女皇!
她是你深厚的爱情,
像天上降下的甘霖。
不论她到何方,
　　主佑女皇!

四

她的敌人猖狂,
披上阴险的伪装,
　　主佑女皇!
人间的帝王贼子,
盗用她神圣的名字;

那就消灭他们的权势。
　　主佑女皇！

五

让她永恒的宝座
筑在我们心窝；
　　主佑女皇！
压迫者虽然盘踞
金碧辉煌的殿宇，
她始终是我们心眼里
　　永久的女皇。

六

被天使触发的嘴唇，
合唱着颂歌声声：
　　"主佑女皇！"
有如天使歌唱，
有如号角嘹亮，
唤醒世上睡汉；
　　主佑女皇！

1819年的英国(十四行诗)

一个老朽、疯狂、昏聩、受鄙视的、垂死的王;[33]
王爷们,就是他们愚蠢的一族的渣滓,
在公众的蔑视下漂浮——像臭水中的泥浆;
尽是些不见、不识、不知、不觉的家伙在统治,
叮住羸弱不堪的国家,像一条条蚂蟥,
喝醉了血,不须拍打,就会自行跌下;
全国人民在荒芜的田野上挨饿、遭杀害;
军队呢,弑了自由之神,横行不法,
成了一把双刃之刀,谁也无法统率;
辉煌而血腥的法律有如恶毒的陷阱;
宗教呢,没有基督和上帝,像封闭的书本;
元老院,——时间的还未废除的最坏的法令;——
从这些坟墓,也许会有一个光辉的精魂跳出来,
照亮我们这个风雨飘摇的时代。

颂 歌

（作于1819年10月，西班牙人恢复自由的前夕）

奋起，奋起，奋起！
 这不给你们面包吃的国度，遍地血流如注；
  让你们的伤口像眼睛，流出热泪，
 为那些死难者、死难者、死难者哀哭。
还有什么别的不幸值得伤痛若此？
他们是你们的兄弟，你们的儿子，你们的妻子；
谁说他们已在战斗的日子里被杀死？

 醒来，醒来，醒来！
 奴隶和暴君是一对孪生的仇敌；
  把那冰冷的锁链摔开，
 砸成泥土——你们的亲人就在这泥土下安息；
他们的遗骨会从坟墓里惊起，疾行，
当他们听到他们所爱的人们的呼声，
地上的神圣的战斗中最嘹亮的声音。

 举起，把旗帜高高举起！

当自由之神腾云驾雾去征战：
　　虽然给她打扇的奴隶
　是饥荒和劳苦，他们面对面悲叹。
而你们，跟随在她的宝辇之后，
绝不要在被指使的战争中举起拳头，
你们是她的儿女，只为保卫她而战斗。

　光荣，光荣，光荣
　归于你们：你们受尽了痛苦，
　　你们也立下了丰功！
　你们将赢得历史上最高的荣誉。
征服者们只是征服他们自己的私敌，
他们消灭了仇敌的报复、威誉和权力。
你们却更威武地驾着你们的令名高飞。

　　戴吧，戴在每个人的前额，
　紫罗兰、常春藤和松叶的花冠：
　　用大自然的神圣的彩色
　盖住点点的血斑：
青碧就是希望和万古长青，绿色象征力，
然而别把三色堇也织在花冠里，
因为你们曾受损害，而三色堇代表着回忆。

西 风 歌

一

你是秋的呼吸,啊,奔放的西风;
　你无形地莅临时,残叶们逃亡,
它们像回避巫师的成群鬼魂:

　黑的、惨红的、铅灰的,还有蜡黄,
患瘟疫而死掉的一大群。啊,你,
　送飞翔的种子到它们的冬床,

它们躺在那儿,又暗、又冷、又低,
　一个个都像尸体埋葬于墓中,
直到明春你青空的妹妹[34]吹起

　她的号角,唤醒了大地的迷梦,
驱羊群似地驱使蓓蕾儿吐馨,
　使漫山遍野铺上了姹紫嫣红;

你周流上下四方,奔放的精灵,
破坏者,又是保护者;你听我吟!

二

你在动乱的太空中掀起激流,
　　那上面漂浮着落叶似的云块,
掉落自天与海的错综的枝头[35]:

　　它们是传送雨和闪电的神差。
你那气流之浪涛的碧蓝海面,
　　从朦胧的地平线到天的顶盖,

飘荡着快来的暴风雨的发辫,
　　像美娜德[36]头上金黄色的乱发
随风飘动;你为这将逝的残年

　　唱起挽歌;待到夜的帷幕落下,
将成为这一年的巨冢的圆顶,
　　你用凝聚的云雾为它做支架。

从这浓云密雾之中,将会涌进:
电火、冰雹、黑的雨水;啊,听我吟!

三

你也把青青的地中海水唤醒,
　他原在贝宜湾[37]的一个浮岛边,
沉醉于他夏日幻梦里的美景,

　被一圈圈晶莹的涟漪所催眠,
他梦见了古老的宫殿和楼阁
　荡漾于更明朗皎洁的水中天,

满披着翡翠似的苔藓和花朵,
　花朵多芬芳,那气息使人醉迷;
浩瀚的大西洋本来平静无波,

　随着你的脚步而裂开;在海底,
那些枝叶没有浆汁的湿树林,
　还有海花,听到你来临的声息,

便突然地变色,它们大吃一惊,
瑟瑟发抖,纷纷凋谢。啊,听我吟!

四

如果我是任你吹的落叶一片；
　　如果我是随着你飞翔的云块；
如果是波浪，在你威力下急喘，

　　享受你神力的推动，自由自在，
几乎与你一样，啊，你难制的力！
　　再不然，如果能回返童年时代，

常陪伴着你在太空任意飘飞，[38]
　　以为要比你更神速也非幻想；
那我就不致处此窘迫的境地，

　　向你苦苦求告：啊，快使我高扬，
像一片树叶、一朵云、一阵浪涛！
　　我跌入人生的荆棘，鲜血直淌！

时光的重负困住我，把我压倒，
我太像你了：难驯、敏捷而骄傲。

五

把我当作你的琴，当作那树丛，³⁹
  纵使我的叶子凋落又有何妨？
你怒吼咆哮的雄浑交响乐中，

  将有树林和我的深沉的歌唱，
我们将唱出秋声，婉转而忧愁。
  精灵呀，让我变成你，猛烈、刚强！

把我僵死的思想驱散在宇宙，
  像一片片的枯叶，以鼓舞新生；
请听从我这个诗篇中的符咒，

  把我的话传播给全世界的人，
犹如从不灭的炉中吹出火花！
  请向未醒的大地，借我的嘴唇，

像号角般吹出一声声预言吧！
如果冬天来了，春天还会远吗？

规　　劝[40]

变色龙以光线和空气为食粮，
　　诗人却依爱情和名誉为生；
如果在这广大的愁苦世界上，
　　诗人能找到他的这些食品，
而又像诗人那样不用流汗，
　　他们愿否教自己的色彩起变化，
　　学那机灵的变色龙的办法，
使自己迎合每一种光线，
　　一天里把颜色换上二十遍？

诗人在这冷酷的尘世，
　　仿佛跟那些变色龙一样，
从他们呱呱坠地时起，
　　就在海底的洞里躲藏。
哪里有光，变色龙就变色；
　　哪里没有爱，诗人也就变样：
　　名声就是爱情的化装。

如果说只有少数诗人兼得二者,

 仍不必为诗人的善变而惊愕。

然而诗人的自由而高洁的心胸,

 终不肯让财富和权势来玷污;
如果色彩斑斓的变色龙,

 除了光和空气,竟吃下别的食物,
它们立刻会变成庸俗得很,

 就和它们的兄弟蜥蜴相似。

 一个更辉煌的星座养育的孩子,[41]
从月亮之外的天国飞来的灵魂,

 啊,还是拒绝那些馈赠!

爱 的 哲 学

一

一道道泉水投入江河,
　河水流入海洋;
天上的清风也耳鬓厮磨,
　那情意多么深长;
世上的一切都不孤零,
　天经地义是团圆,
万物都融合于一个精神,
　为何你我独不然?

二

你看那山峰吻着苍穹,
　波涛互相偎依;

花朵儿也如姊妹弟兄,
　　姐姐绝不能厌弃弟弟;
阳光搂抱着大地,
　　月光轻吻着海波;
这般的柔情有什么意义,
　　如果你不吻我?

致玛丽·雪莱[42]

我最亲爱的玛丽,你为何离去,
把我留在世上凄凉孤苦?[43]
你的形影确在眼前——那可爱的模样;
但是你却像远去,沿着那凄凉的道路,
走向悲伤的最渺茫的去处;
你正坐在惨白的失望的炉旁;
我没跟你同去,正是为了你的缘故。

致玛丽·雪莱

世界如此惨淡，
我也感到疲倦，
玛丽，奔走漂泊，却没有你陪伴；
在你的声音和笑容里，
不久前，还有一片欣喜；[44]
但它逝去了，那么，我也该逝去了吧，玛丽。

致 意 大 利（断片）

像日出对于黑夜，
　像北风对于流云，
像地震的猛烈的脚步，
　摧毁了山间的寂静，
不朽的意大利呀，
愿这些成为人们对你的希望和恐惧。

"是不是在一个更美妙的世界"（断片）

是不是在一个更美妙的世界，
我们与友朋分手，然后又在此世重逢？
或许，从现实的朦胧镜面，
我们看到了未来的影踪？
我们总像是在把梦的碎片缝补，
这究竟又是什么缘故？
一部分变成真实，但其余的片段，
却只在我们心胸中激荡、抖颤？

一八二〇年

含 羞 草

第 一 部

一

一棵含羞草在一个花园里生长，
年轻的风用银色的露把它喂养。
它向着阳光打开它扇形的叶子；
黑夜同它接吻，它就把叶子关闭。

二

春天在这个美丽的花园里起身，
它就像个无处不在的爱之精灵；
每一种花草，在大地黑色的胸怀，
从冬眠的沉沉梦境中苏醒过来。

三

可是无论在花园、田野,或是荒郊,
有谁曾像这没有伴侣的含羞草,
为了幸福而喘息,为幸福而抖索,
像在晌午时刻一头思春的母鹿。[45]

四

先是松雪草,随着便是那紫罗兰,
在温暖的雨浸湿的地面上出现,
它们的气息混合着草泥的清香,
就像婉转的歌喉配着乐声悠扬。

五

都醒来啦:斑驳的白头翁;郁金香,
亭亭玉立;还有那水仙,它最漂亮,
注视着自己映在水面上的眼珠,

直到为自己可爱的容貌而死去;⁴⁶

六

还有那铃兰,她就像水仙女一般;
热情使得她苍白,青春使她娇艳,
隔着嫩绿的帐幕我们也能看到
她那颤动着的铃铛儿正在闪耀。⁴⁷

七

还有风信子,颜色有紫、有蓝、有白,
她的小铃重新清脆地鸣奏起来,
那音乐是这么热烈、温柔而细腻,
仿佛一阵异香回荡在我们心里;

八

还有玫瑰,像一位入浴的水仙女,
解着衣衫,袒露出红艳艳的胸脯,

向着那沉醉的空气,一层又一层,
完全展现出她那美与爱的灵魂;

九

还有百合花,像美娜德一般秀美,[48]
高高举起那洁白如月光的酒杯;
它的眼睛[49],好像一颗火红的星星,
透过晶莹露水看着明媚的天心;

十

还有芬芳的素馨;还有那月下香,
它所散发的香味,真是冠绝众芳。
来自各个地域的所有奇草异葩,
在那花园里生长得茂盛而繁华。

十一

在花朵盛开的树枝的覆盖之下,

有一条小河，它的胸怀息息变化，
上面闪动着金色的、绿色的光芒，
返照在它们五色缤纷的天幕上；[50]

十二

大瓣的莲花颤巍巍在河面躺着，
星星似的蓓蕾在旁闪闪地晃着，
涓涓流水在它们周围滑行，跳舞，
发出琤琮的声音，而且光彩夺目。

十三

羊肠小径，上面铺着绿草和苔藓，
在那花园之中曲折地环绕蜿蜒，
有的沐着阳光，而且享受着轻风，
有的藏在盛开的花树的浓荫中，

十四

但都漫生着雏菊和小铃似的花，

如同那神奇的不凋花[51]一样优雅；
还有些小花，日落时把头儿低垂，
回到白的、紫的和蓝的篷帐之内，
也让萤火虫来躲避夜晚的露水。

十五

在这不染尘垢的纯洁天堂里边，
花朵就像一个婴孩惺忪的睡眼，
向着妈妈微笑，而她幽婉的歌吟，
使他陶醉，但又必然会使他苏醒，

十六

当天上快乐的风吹得花朵怒放，
像矿工的灯使埋没的宝石发光，
花朵无不亮闪闪地向天空微笑，
兴高采烈，感谢太阳的慈辉普照；

十七

每一朵花儿都渗透着它的伴侣
所散播着的光彩以及香味馥郁,
像青春与爱促成的年轻的情人,
幸福地在相互的恋情之中沉浸。

十八

含羞草从叶到根深感到一种爱,
但只能结出微小的爱的果实来;
它接受的东西最多,它爱得最深,
它最感贫乏,但它有最多的爱情,[52]

十九

因为它并没有鲜妍的花朵开放,
它没有一点绚烂而芬芳的嫁妆;
它像爱神,它深心中的爱情充沛,

它渴望着它短缺的一种东西:美!

二十

轻风不断卸下负载,用它的翅羽
播送着音乐般悦耳的喃喃细语;
花蕊像一颗颗的星星闪射光芒,
而把花朵的斑斓彩色送到远方;

二十一

展翅的虫儿们飞得迅速而自由,[53]
像风和日暖的海上的艘艘金舟,
它们都满满载运着光彩和芳香,
航行在一片绿油油的芳草之上;

二十二

露水变成缥缈无形的朵朵浮云,
火一般藏在花心,待到红日高升,
便如精灵似地在晶球之间游移,

每朵云都因自身的香气而醉迷;

二十三

在朦胧的中午时分颤动着的雾,[54]
像一片海在温暖的土地上飘浮,
每种声音、香味、光彩,在海中摇动,
好像一枝枝芦苇摆动在河流中;

二十四

这一切,仿佛是许多位护持天使,
赐给含羞草以甜蜜欢乐的福祉,
而白日的缓慢的时光渐渐逝去,
像无风的云朵浮过柔和的天宇。

二十五

当夜色终于从高空冉冉地降临,
大地完全休息了,空中充满爱情,
欢乐虽无白天辉煌,却深沉得多,

沉睡的世界揭掉了白天的面幕，

二十六

于是千百种走兽、飞鸟以及昆虫，
都一声不响地沉入梦的海洋中，
梦的波浪震动海底"意识"的轻沙，⁵⁵
却从不把它的印记在沙上留下；

二十七

（这时唯有在头上鸣啭着的夜莺，
随着白日的消逝，越发唱得动听；
它唱的是天堂之歌，那一声一啭，
就和含羞草的梦境交织成一片；）——

二十八

含羞草却是这花园里最先一个
被安息搂抱在她那温软的胸窝；

像一个孩子厌倦了欢乐的游戏,
它投进夜的怀抱而得到了安息,
虽然最稚弱,却最为它母亲所喜。

第 二 部

一

在这个美丽的园中有一位"全能",
这"伊甸园"中的"夏娃",司园的美神;
她统辖所有醒着或做梦的花朵,
一如上帝统辖星月皎洁的天国。

二

这女郎是她同类中的一个珍异;
一颗美好的心主宰着她的躯体,
心灵的光芒支配了举止与表情,
就好像一枝海葵花开放在海心。

三

她照拂着这花园,从早晨到晚上:
一颗颗星辰在这月光下的天堂,[56]
好像夜晚天空上的一盏盏明灯,
在她脚下边,都露出笑脸儿盈盈!

四

她在这人世间竟没有一个良伴;
但当晨曦吻得她张开惺忪的眼,
她绯红色的两颊与微微的喘息,
说明她刚离天堂梦境,并未昏睡;

五

仿佛有个神明,在良夜未央之时
伴着可爱的她从天堂降临尘世;
神明的仙姿虽早已为白昼遮蔽,

却还似逡巡在她身旁,不胜依依。

六

她的脚步像怜惜着底下的绿茵;
随着她胸脯的起伏,你或能听清:
她的呼吸就像轻风的来回吹拂,
给她送来欢乐,把激情带往远处。

七

她轻悄如风的脚步不论到哪里,
那背后长长的秀发就从绿草地
拭去细微的踪迹,影儿似的一扫,
像金黄的日光将暗绿的海笼罩。

八

我不怀疑,美丽的园中的花儿们,
都为她那款款的脚步声而欢腾;

我不怀疑，它们会感到从她指尖
散出一种精神，在它们周身流遍。[57]

九

她汲取小河里澄清的水来灌浇
那些在日光照射下昏晕的花草；
又从那负荷太重的花儿的酒杯
倾倒出雷雨时所积累着的雨水。

十

她用纤纤素手扶起它们的头颅；
又用木杆和柳条圈把它们支住。
即使这些花朵儿就是她的婴孩，
她对待它们，也绝不会更加慈爱。

十一

而所有侵蚀和咬啮花木的害虫，

和一切污秽的、丑陋可憎的恶种,
她都装进了一只印度布袋里边,
把它们放逐到远远的丛莽之间。

十二

她温和的手又采了野花和青草,
都是最鲜嫩的,满满装入那布包,
为了那些可怜的遭放逐的虫豸,
因为它们虽有害,究竟天真无知。

十三

但是蜜蜂,还有那些闪烁的蜉蝣,
电光似地来去,还有飞蛾儿轻柔,
吻着花朵的唇,而从不伤害花朵,
她让它们充当她的侍从和女仆。

十四

还有许多蛹卵,像未生者的坟冢,

蝴蝶在里面做着未来生命的梦，
她让它们在芬芳的香柏上黏附，
那表皮平滑而又乌黑的香柏树。

十五

从早春时起，这位最秀美的人物，
在那园中徘徊，把花儿草儿照拂，
如此经过整整一个可爱的夏天；
但她竟夭逝了，在黄叶出现之前！

第 三 部

一

美丽的园中的花儿，有三天时间，
像月亮醒来后的星光一样幽暗，
或者像贝宜湾上的暗淡的波浪，
当维苏威的浓烟遮盖住了月亮。[58]

二

到了第四天上,那含羞草就听到
送葬者们唱挽歌的悲凉的音调,
抬棺材的人的沉重缓慢的脚步,
和凭吊者们沉痛而低哑的哀哭,

三

听到疲倦的声音和呼吸声沉重,
和死之行列过去时悄悄的行动;
也闻到那棺材盖底下的隙缝里
散发出又冷又潮的难闻的气息。

四

暗绿色的草和草地上面的花朵,
当行列过去时,闪耀着泪珠颗颗;
对人们的叹息,风也悲哀地共鸣,

坐在松树上，附和着他们的呻吟。

五

那美好的花园变得凄凉而芜秽，
就如她的遗体，"花园之魂"的遗体，
最初模样还很可爱，就像是熟睡，
然后渐渐变了，变成可怕的一堆，
连从来不哭的人看了也要掉泪。

六

夏季像河水似地匆匆流入秋天，
寒霜飘浮在清晨时的薄雾之间，
虽然中午的阳光又皎洁又灿烂，
讥嘲着黑夜的偷偷摸摸的摧残。

七

玫瑰花瓣，一张张，像深红的雪片
纷纷坠落，罩住大片草地和苔藓；

百合花垂头丧气，又苍白又干枯，
像垂死者低垂的头、苍白的肌肤。

八

还有那些印度植物，香味和色彩
在露珠喂养的花草中最为可爱，
日复一日地凋零，一叶叶，一片片，
一起回到万物的老家——泥土里面。

九

树叶儿落下，有棕、有黄、有灰、有红，
还有那白的，像死者的苍白面容，
像一队队乘着干燥的风的幽灵，
它们的唏嘘声使得鸟儿们吃惊。

十

长翅膀的种子被阵阵狂风唤醒，
从它们的诞生地——莠草丛中飞出，

然后纷纷依附许多可爱的花茎,
待到花茎腐烂,便一起陷入泥土。

十一

而生长在那条小河里的各种花,
已经从它们原来的茎梗上掉下;
当风在空中驱逐着落花的残絮,
河水的旋涡把它们赶来又赶去。

十二

于是雨水来了,那些折断的花茎
东倒西倾,纠结错杂地堵住幽径;
植物寄生的树丛留下秃的枯枝,
成了废墟;所有可爱的花也如此。

十三

在那些不刮风,也不下雪的时间,
最可厌的莠草却开始繁殖、蔓延,

它们粗糙的叶上长满点点斑痕,
好像水蛇的腹部和蟾蜍的背心。

十四

还有蓟草、荨麻;毒麦的臭气难闻;
羊蹄草、黑莨菪和潮湿的毒人参;
毒人参伸展着它的茎,又长又空,
窒息着空气,染臭了那死去的风。

十五

还有些植物,写进诗篇实在可厌,
它们奇形怪状,蔓布在整个花园:
长着刺的、烂的、湿的、起泡的、蓝灰
或是铅色,还溅满了惨白的露水。

十六

长着霉的平茸、菌类迅速地滋生,
像薄雾在湿而冷的土地上升腾,

苍白、臃肿，好像一具腐朽的尸体，
竟又活动起来，重新获得了生机！

十七

鱼卵、荇草、垃圾，一层污秽的浮渣，
使活泼的小河变得笨重而喑哑；
小河的口上，木桩似粗大的菖蒲，
根与根水蛇般缠着，把河水堵住。

十八

一小时接着一小时，天上没有风，
那种杀害花木的蒸汽不断浮升，
早晨能看见、中午能感到这气体，
晚上它变作星光照不透的黑气。

十九

油腻的毒气团，在光天化日之下，
从枝头到枝头，无形地乱飞乱爬；

它们降落、停顿在哪儿的树枝上，
那儿的树枝就被毒气损害、灼伤。

二十

含羞草，像受了诅咒而失魂落魄，
它哭呀哭的，泪珠儿一颗又一颗，
含在每一张叶下，当叶子一合拢，
泪水变成伤害它的生机的胶冻。

二十一

因为叶子随即凋落了，转眼之间，
枝干也都被那狂风的阔斧劈断，
茎内的浆从每个细孔回到根里，
好像血液回到不再跳动的心里。

二十二

因为冬来了，风是他[59]手里的皮鞭，
一只冻裂的手指按在他的唇边，

他把瀑布扯下来,从一座座山上,
瀑布像他腰间的手铐,银铛作响。

二十三

他的呼吸是条没有声音的铁链,
紧紧束缚住了江河、空气和地面;
他来临了,坐在马车里的宝座中,
北极来的飓风把他猛烈地推送。

二十四

于是那些像活死尸一般的莠草,
害怕严寒而纷纷向着地下潜逃。
它们以朽腐之身突然躲避寒冬,
就像一个鬼魂,消逝得无影无踪!

二十五

而在那含羞草根底下的泥土里,

鼹鼠和睡鼠因没有食物而饿死；
鸟雀僵硬地从寒冷的空中跌落，
落进赤裸而光秃的枝梢的网罗。

二十六

一阵解冻的雨首先从天上降临，
抑郁不欢的雨滴又在枝头结冰；
然后地上冒起一片冰冷的露水，
同那些雨水的冰珠凝结在一起。

二十七

北方刮来一阵旋风，在空中徘徊，
像一头狼嗅着一个死婴的气味；
它摇着负载很重的、僵硬的枝干，
又用它有力的利爪，把树枝折断。

二十八

冬天终于离去了，春天重又到来，

含羞草已变成一叶不留的残骸,
可是毒麦、羊蹄草、毒堇和曼陀罗,
却僵尸似地从坟墓中一跃而出。

跋　　诗

一

这含羞草,或者说它的精神
(从前曾经寄寓于它的枝梗),
现在是否感觉到这种变化,
形体枯死的变化?我不能答。

二

女郎的躯体,已同芳心分开,
她曾像星星闪光似地散播爱;
在她生时留下欢乐的地方,
她的阴魂是否感到很悲伤?

三

这我不敢说;但是在这人世,
处处有着错误、愚昧和争执,
什么也不存在,一切皆幻影,
而我们也只是梦中的幽魂;[60]

四

承认死也跟其他事情无异,
只是一个玩笑,不足为奇,
这种想法固然是平凡得很,
但这么一想,人就感到高兴。

五

那可爱的花园,美丽的女郎,
那园中的一切美态和芳香,
并没有消逝;变化的是我们,

我们的观念；而他们却长存。

六

至于爱情、美以及欢乐、欣喜，
是既不会死亡，也不会变易，
人的躯壳却远远不如它们，
因为人体混浊，透不进光明。

云

我为干渴的花朵送去甘霖,
　　从海洋与河流;
我给绿叶带来凉爽的庇荫,
　　当它们做午梦的时候。
从我的翅膀上摇落滴滴水珠,
　　洒醒每一颗蓓蕾,
当它们的母亲向着太阳跳舞,
　　它们在她怀里安睡。
我挥动猛烈冰雹的打禾棒,
　　给底下的绿野涂上白粉;
然后再用雨水把它洗光,
　　我还一路响着轰雷般的笑声。

我筛落雪花到下界的山林,
　　山上巨松惊慌地号叫;
积雪是我晚上柔软的白枕,
　　当我睡于风雪的怀抱。

在我摩天高楼的最高一层,
　　坐着闪电,我的向导;
雷雨却在底下的洞里被囚禁,
　　咆哮、挣扎得不可开交。
闪电温和地带领我
　　在陆地与海洋的上空飞舞;
行动在紫色海洋深底的精灵
　　用爱情把他诱惑;
他引导我经过岩石、山峦和溪涧,
　　经过湖泊和旷野,
不论他在何处做梦,在山下或水边,
　　他所爱的精灵就在徘徊,
我却总是在蓝天的微笑里沉湎,
　　当他溶化成为雨水。

当晨星的光芒隐熄,
　　鲜红的旭日睁着亮眼,
舒展出一身火红的羽翼,
　　跳到我飘荡的轻雾后边,
像地震摇撼着一座山岳时,
　　在一块山岩的尖顶上,
老鹰飞来作片刻的栖息,
　　它的羽翼发出闪闪金光。

当落日从它身下燃烧着的海洋
  散发安息和爱情的光华,
当黄昏的猩红色的帷幔
  从太空深处降下,
我就在空中的巢里休息,合拢翅膀,
  像一只孵卵的母鸽,一声不发。

那闪烁着柔辉的圆脸女郎,
  世人称她为明月;
夜半的微风把我的羊毛地毯铺在天上,
  她闪闪地在这地毯上款步。
她有一双无形的玉足,
  那步音只有天使才能听见;
当我篷帐的薄顶被她踩破,
  星星便从她背后探头窥看;
我哈哈笑着看它们像一群金黄的蜜蜂,
  乱纷纷地飞散、躲开,
当我在风儿为我搭造的篷帐上扯开裂缝,
  直到宁静的河流、湖泊与大海
像一片片从我头上掉下的碎的天空,
  每一片都涂着月亮和群星的光彩。

我给太阳的宝座围一条火红的缎带,

给月亮围的一条用珍珠缀成；
当旋风把我的旗帜展开，
　　便显得火山隐约，星星昏沉。
从这海岬到那海岬，像大桥横跨天上，
　　在狂涛恶浪的海洋的上空，
　我也像一个屋顶高悬，遮住阳光，
　　擎住屋顶的圆柱则是群峰。
我浩浩荡荡地经过的凯旋门，
　　就是那五色缤纷的长虹，
我的战车后绑着被我俘虏的精灵：
　　太空的火焰、雪片和暴风；
火一般的日球在我头上绣锦，
　　润湿的大地在我身下露出笑容。

我本是土地和水的亲生女，
　　天空是我的乳娘；
我从海和陆的毛孔中来去，
　　我变化，但永不会死亡。
雨水过去了，天幕光洁异常，
　　不染丝毫的垢尘，
风与笼罩着天宇的日光
　　就盖成蓝色的空气的穹顶，
我暗暗为我这座空墓而发笑，

从雨水的洞窟，
像婴儿离开子宫，像鬼魂走出墓道，
我又爬起来，拆掉这座空墓。

云　雀　歌

　　你好！欢乐的精灵！
　　　你何尝是鸟？
　　从悠悠的天庭，
　　　倾吐你的怀抱，
你不费思索，而吟唱出歌声曼妙。

　　你从地面升腾，
　　　高飞又高飞，
　　像一朵火云，
　　　扶摇直上青冥，
在歌声中翱翔，在翱翔中歌吟。

　　万道金光闪烁，
　　　伴随一轮落日；
　　穿过彩云朵朵，
　　　你飘逸飞驰，
像无形的欢乐，它的生命才开始。

淡紫色的暮云
　　　　在你周围融化；
　　你像天边的星辰，
　　　　光天化日之下
看不见你，但我仍听到你的欢鸣。

　　你的歌声尖锐，
　　　　像启明星的银箭；
　　白日的光辉
　　　　使它的灯盏幽暗，
渐渐模糊了，但觉得它还在那边。

　　你嘹亮的歌喉
　　　　响彻普天之下，
　　像从一朵孤云后边，
　　　　月儿把清辉流洒，
幽暗的夜空于是荡漾着万顷光华。

　　我们不知你是谁，
　　　　什么能与你仿佛？
　　那缤纷的虹霓里
　　　　落下的晶莹水珠
却比不上你甘霖似的歌曲。

像一位诗人，
　　在智慧的光芒中，
大胆放歌啸吟，
　　世人都被感动，
从此领悟了本不理会的希望和忧恐。

像一位名门闺秀，
　　索居深宫，
在夜阑人静的时候，
　　为了减轻爱的悲痛，
让婉转的琴音回荡在幽阃。

像一只金黄的流萤，
　　盘桓在露水瀼瀼的幽谷，
无形地散发柔辉，
　　那缥缈的颜色
在它隐身的花草丛中闪烁明灭。

像一朵玫瑰
　　盛开在绿叶的枝头，
它芬芳的香味
　　被温暖的风窃走，
但偷儿却被浓郁的芳香熏醉。

潺潺的春雨，
　　落在闪光的草叶上，
雨水催花朵开放——
　　但你的音律，
比这一切还要清新，还要欢愉。

灵鸟啊，我请你，
　　把你那美妙的思想告诉我；
我从未听见过一曲
　　爱情或酒的赞歌
倾泻出你这般滔滔不尽的神圣的欢乐。

婚礼的合唱，
　　凯旋的吹打，
比起你的歌唱，
　　完全是浮夸，
总使人感到那滋味如同嚼蜡。

你欢歌的源泉
　　究竟在哪里？
在何处原野、沧海或山峦？
　　在何等样的天地？
是怎样独特的爱情？怎样的不知忧戚？

你在纯洁的欢乐中沉浸,

　　　　永远不知疲倦,

　　忧郁的暗影

　　　　永不到你身畔,

你爱,但永不会感到爱的不幸的饱餍。

　　你无论醒时睡时,

　　　　对于死的面目,

　　一定比我们凡夫俗子,

　　　　看得更深更透,

否则你的歌声怎会这样流泻自如?

　　我们瞻前顾后,

　　　　为非分之想而憔悴,

　　衷心的欢笑里也含有

　　　　几分辛酸味;

我们最美妙的歌总是最为伤悲。

　　然而我们如能消灭

　　仇恨、骄傲和恐惧,

　　　　如果我们心肠如铁,

　　　　不洒一颗泪珠,

我们又怎么能略尝你的欢愉。

诗人慕你的艺术
　　胜于铿锵的音调,
胜于千万卷书
　　所蕴藏的珍宝,
尘土的蔑视者呵,你常在苍空逍遥。

请将你胸中的欢乐
　　赠送一半给我;
如此悠扬的狂曲,
　　将从我唇中涌出,
世人倾听,有如现在我静聆你的歌。

自 由 颂

然而,自由啊,你的旗帜虽破而仍飞扬,
招展着,像一阵雷雨迎着狂风。[61]

——拜　伦

一

一个光荣的民族又一次
　　发出照耀万邦的闪电:自由,
把熊熊的火焰直射到天空,
　　从心灵到心灵,从高楼到高楼,
在西班牙国土上闪烁着光辉。[62]
　　我的灵魂踢开了沮丧的锁链,
雄壮地展开欢歌的翅膀而飞腾,
　　像年轻的鹰高飞在朝霞中间,
它张着诗歌的翅膀翱翔,寻觅它熟悉的食物;
　　它一直飞抵荣誉的天庭,
自由精神的旋风将它团团围住,

照亮着太空的最遥远的星星,
从它背后射来生命之火的光芒,像浪花
　　尾随疾驶的船,于是从太空深处
　　传来歌声,我要把这歌逐字记录:

　　　　　　二

先前,太阳和最恬静的月亮,
　　这些燃烧的星球从深渊里飞跃,
直射到天心;精巧的地球,
　　宇宙之海洋上的一个岛,
披着那养育万物的大气,在空中高悬:
　　但这最神圣的宇宙还是一片混沌,
一场灾祸,因为你[63]还未来临。
　　只有最邪恶的势力层层滋生,
野兽的精神、飞禽的精神、
　　海怪的精神在燃烧、弥漫;
它们互相争斗,它们只感到绝望,
　　无休止、无尽期地互相交战,
它们受灾的乳母[64]在呻吟,
　　因为兽跟兽战,虫跟虫战,人跟人战;
　　每一颗心都像狂风暴雨的地狱一般。

147

三

于是人，这最高贵的形体，
　　在太阳之宝座的华盖底下，
一代代繁殖：对于这芸芸众生，
　　庙宇和监牢，宫殿和金字塔，
就像嶙峋的岩洞之于山间豺狼。
　　这亿万圆颅方趾的生灵，
都是野蛮、狡猾、盲目而粗暴，
　　因为你还未来临；像一片乌云
悬在茫茫海洋之上，暴君的统治
　　压住了这喑哑无声的人世，
下边，坐着被奉为神的另一个灾星[65]，
　　奴隶的聚集者；恶霸和教士——
黄金和血的贪嗜染污了他们的灵魂——
　　从四面八方把惊慌失措的人群
　　驱入这灾星的庞大翅翼的阴影。

四

希腊沉睡的海岬、蓝色的岛屿，

她左右两片海水和云块似的山峰
灿烂地沐着宠幸她的天公的慈辉;
　　预言的声音,从那些神魔的岩洞,
传出模糊歌吟的回响,[66]
　　在那无忧的荒原上,谷物、葡萄,
和柔软的橄榄,还是野生未经人食用;
　　仿佛海底的花朵还未吐苞,
仿佛人的思想在婴儿脑海中朦胧地孕育,
　　仿佛现有的事物包含着未来的东西,
艺术的不朽的梦还深深地埋藏于
　　培罗斯[67]山中的岩石层里;
诗歌还像不会说话的孩子在牙牙学语;
　　哲学圆睁着永不阖拢的眼睛,
　　　盼待着你;于是,在爱琴海之滨,

五

雅典涌现了,像一座幻想的城市:
　　那紫色的岩石和白银的楼塔仿佛云雾化成;
最高明的石匠看了也自叹勿如;
　　黄昏的天空像是覆盖着它的穹顶,
一片苍海是铺在它底下的基石;

它的门洞中居住着携带雷电的风,
在它云雾之翼底下的每一个尖顶,
　　都戴着日光的灿烂华冠,真是神工!
更神圣的是,闪烁着无数圆柱的雅典城
　　以人的意志作为自己的基础,
就如建筑在一座金刚钻的山峦之上;
　　因为你来临了,并以你创造一切的才具,
用不朽的大理石模拟那些永生的死者,
　　把他们的形象列满了那座山[68]——
　　你最早的宝座,揭示你最新的意旨的神殿。

六

在时光的匆匆奔泻的水面上,
　　还映着它满脸皱纹的影子,
像先前似地映着它总不静止的形态,
　　它永远在颤动,但绝不会消失!
你的歌者和哲人的喉音嘹亮,
　　就如唤醒大地的雷声殷殷,
响彻了过去的一个个岩穴;
　　压迫吓得缩手,宗教闭住眼睛;
这鸣响包含着欢乐、爱情和惊奇,

它展翅飞翔，直上希望从未达到的高处，
把时间空间的帷幕撕得粉碎！
　一片海洋喂养着云雾、流水和露珠，
一轮红日照耀着整个苍天，
　一种伟大精神以生命和爱使万象更新，
　正如雅典使全世界永保你所赐的欢欣。

七

于是罗马诞生了，从你最美的深厚胸口，
　她吸吮着伟大的乳汁，
像狼子从卡德摩斯的神女胸口吸乳；[69]
　虽然你最爱的儿子还未断绝这天国的美食；[70]
多少次惊心动魄的正义行为，
　由于你的热爱而成为神圣之举：
在你的笑容下，在你的身畔，
　卡密拉过了神圣的一生，阿梯里坚定地死去。[71]
但是当眼泪浸湿了你贞洁的白袍，
　黄金亵渎了你卡必托令庙[72]里的宝座，
你拍动精灵的翅膀，轻捷地飞起，
　离了暴君们把持的议院：他们堕落，
成为一个暴君的顺从的奴隶。

巴拉丁山还无力地低吟爱奥尼亚的歌曲，[73]
你曾驻足一听，就悲叹这歌和你的异趣。

八

从北冰洋上哪个遍生松林的海角，
　　从赫开尼阿的何处幽谷或冰山，[74]
或者从哪个不可知的遥远的小岛，
　　传来你的哀歌，你哀歌故土的沦陷，
你教导树林、波浪和荒秃的山冈，
　　以及每一个海仙的冰冷的岩穴，
以悲哀而沉重的音调互相讲述
　　那最崇高的知识，但这知识，人竟不愿学？
因为你既不守望斯哥德梦中巫人的羊群，
　　也不愿伴随德洛伊德的睡眠。[75]
这又何济于事，如果眼泪像雨水，
　　打湿了你披散的发，而随即吹干？
你虽呻吟，却并未哭泣，当加利利的蛇，[76]
　　从死亡之海游来，杀人放火，
　　把你的世界毁坏得不堪入目地残破。

九

有一千年之久,大地呼喊:"你在哪儿?"
　于是,你将要降临大地时的影子,
投在撒克逊王阿尔弗雷戴橄榄枝的额头;[77]
　像地层深处被烈焰冲出的岩石,
多少座战士云集的堡垒,
　崛起于神圣的意大利土地上,[78]
它们像耸立的高塔一般伟岸,
　怒视帝王、教士、奴隶汇合成的狂涛恶浪;
这邪恶的乌合之众的冲击,
　在堡垒的墙脚下像无力的浪花粉碎;
此时从人类精神的最深处,
　响起奇异的音乐,用爱和神威,
使那些杂凑的武器喑哑无声。
　不朽的艺术于是挥动神圣的魔杖,
在地上画出建筑天堂的维妙图像。[79]

十

　你,比月神更敏捷的猎人!

你，世间豺狼的灾星！你身背箭袋；
那阳光似的利箭射穿风暴似的罪恶，
  犹如光明来临，片片暗云散开，
在一个安宁的地域，旭日东升的早晨！
  路德[80]瞥见了你使人苏醒的目光，
于是他的铅矛反射出闪烁的光辉，
  像闪电般驱散了梦境中的幻象；
许多民族曾在这坟墓似的梦境中昏睡；
  英国的先知唱起颂歌，向你欢呼，
他们尊奉你为女王，那歌声永不消歇；
  弥尔顿，用他的精神代替失明的双目，[81]
你曾在他跟前经过，他脸色沮丧，
  虽然他陷入了可悲的境地，
  黑暗的夜笼罩住他，但他竟看到了你。

十一

那些渴望的时日和盼待的岁月，
  像一大群人站在曙光照耀的山头眺看，
它们克制了高声呼喊的希望和忧虑，
  沉寂无声，大伙儿拥挤着，黑压压一片，
它们于是高呼："自由！自由！"

忿怒从她的洞里答应怜悯的呼唤,

死亡在坟墓中惊吓得脸色铁青,

　　"救命!"灾祸向着万物的破坏者高喊,

于是你像一轮旭日,披着灿烂的光环,

　　升起了,从这个国土到那个国土,

追逐着你的仇敌,像光明追逐影子;

　　仿佛那笼罩在西方海洋上的梦的夜幕,

忽然间被灿烂的阳光所冲破,

　　在你陌生的眼睛闪射的电光里,

人们惊醒了,摇摇晃晃,惊喜交集。

十二

你,人间的天堂!是什么魔咒,

　　竟能用不祥的暗影将你遮盖?

一千年岁月在压迫的深深洞穴中,

　　在泥污里长大,用血泪染污你清澄的光彩,

直到你的吉星用眼泪把污痕洗除。

　　在那可怕的葡萄园法兰西四周,[82]

站满了破坏的戴王冠的奴隶,

　　以及伪善的一群戴教冠的走狗,

全都嗜血若狂!这时却有一人崛起,[83]

和他们酷肖,只是远远比他们强悍,

他是个奸雄,利用你的被迷惑了的力量;[84]

　　于是,千军万马乱纷纷地混战,

像密密层层的乌云遮蔽了青空的圣殿,

　　他,被过去所追逼,已同那些难忘的时日一起安息,

　　但那些时日的魔影还使胜利的君王在祖传的城堡里战栗。

十三

英格兰还在沉睡:难道她从未被人呼唤?

　　西班牙正在呼唤她,就像维苏威火山,

以惊心动魄的轰鸣唤醒了艾特纳,[85]

　　艾特纳的回音把白雪覆盖的岩石震裂成碎片,

在闪着光芒的海上,伊俄利亚的岛屿,[86]

　　从皮德古萨到彼罗拉,所有海岛,

都在呐喊,跳跃,闪烁,合唱:

"悬挂在天上的灯,我们已不需你照耀!"

英格兰的锁链是黄金的线,只需她一笑,

　　就会裂断;但西班牙的枷锁却是钢,

需用道德的最锋利的锉刀才能解除。

　　共命运的两姊妹啊,向着朦胧的西方[87]

端坐在宝座上的永恒的岁月呼吁吧!
让它们把所想和所做的一切,像盖一枚印章,
盖在我们心上!时间绝不把这一切隐藏。

十四

阿明尼阿的墓啊,放出你的死者吧![88]
让他的灵魂像守望塔上的旗帜,
盘旋和飘扬在暴君的头上;
你的胜利将成为他的墓志,
被帝王欺骗了的德意志啊,
你像酒神似地狂饮真理的神秘的酒,
他虽死而精神永远活在你国土上。
我们何须恐惧或盼望?你已经自由!
还有你,这神圣而辉煌的世界的
失掉的天国!你花朵盛开的土地!
你不朽之岛!你也像一座神庙,
毁灭之神穿着可爱的外衣,
还在膜拜着你的过去的残迹!
啊,意大利,热血沸腾吧,赶走,
赶走那些在你圣殿上筑巢的野兽!

十五

啊,愿自由人把"帝王"这罪恶的名称
　　用脚踩碎!否则把它写下,
让荣誉之页上留下一个污斑,
　　像毒蛇留下的痕迹,轻风会擦掉它,
一片沙土会把它湮没得不留踪影!
　　你们已经听到了这预言:
举起闪着胜利之光的宝剑,
　　把这污秽字眼的戈迪阿之结斩断![89]
这字眼虽已像残梗似的脆弱,
　　还能把恐吓人类的斧钺和权杖
纠集成为一大捆,非常坚固;
　　这字眼的声音中包含着毒浆,
它使生活变得丑恶、腐烂而可憎;
　　到了适当的时刻,别再因为藐视,
　　而不用靴跟把这不甘灭亡的蛆虫踩死。

十六

啊,愿智者用他们明慧的心灵,

点亮这黑暗的世界殿堂里的灯盏,
使"教士"这灰色的名称落入地狱,
地狱本是它最初的来源,
它是魔鬼的一声渎神的嘲笑。
让人的思想只崇拜自己无畏的灵魂,
或者那未知的力量,只朝着这些下跪,
让这些成为裁判一切的圣明!
啊,别再让言词蒙蔽了思想,
思想本是言词之源:像一片朦胧的雾,
从澄澈的湖上升起,却蒙蔽了蓝天的倒影;
啊,剥去那蒙住言词真相的薄薄的假面具
和种种虚伪的色彩、皱眉、笑脸和辉煌,
让它们袒露出赤裸裸的伪与真,
站在裁判者之前,得其应得的报应!

十七

有谁教导人把一切阻难征服,
在那生之旅途上——从摇篮到坟墓,
就无异给人戴上生活之主宰的冠冕。
唉,这也将是徒劳,要是人甘愿为奴,
而把压迫和压迫者请上宝座!

如果生活会滋生新的欲望,财富会从劳苦者手里
抢走你[90]和艺术的礼物,让一人坐享千人之福,
　　即使大地让饥寒的亿万生灵丰衣足食,
即使思想中蕴含的力量像一棵树苗,
　　能发育成大树,那又于事何补?
即使艺术,这热情的使者,
　　展开火一般的翅翼,飞向大自然的宝座,
不让那伟大的母亲俯身来抚爱她,
　　却高呼:"赐给我,你的孩子,
　　以统治高山大海之权!"又何济于事?

十八

来吧,请从人类的精神深处,
　　从那最深奥的洞穴,引导出智慧,
像启明星从伊奥[91]的波浪上,
　　引导出太阳。我听得她车辆上旗帜飘飞,
像云朵被火焰推动。难道她和你,[92]
　　主宰不朽思想的两位神明,
不愿降临,凭着庄严的真理,
　　来裁判生活的不平遭遇是否公正?
裁判过去人们所得的荣誉,未来的希望,
　　盲目之爱,以及同样盲目的"正义"?

啊，自由！如果这确是你的名字，

　　你岂能抛弃它们，或者让它们抛弃你？

如果你的或它们的财宝须用血和泪购买，

　　那么，有智慧的、爱自由的人们，

　　难道没有把眼泪和眼泪一般的鲜血流尽？

十九

庄严的歌声终止，那慷慨悲歌的精灵，

　　忽然回返到它深深的渊谷；

像一只野天鹅雄壮地高飞，

　　冲破黎明时分雷电轰轰的云雾，

但雷电击中了它的头颅，

　　于是从金光闪烁的空中一落千丈，

跌落在砰然作声的荒野；

　　像夏天的云卸除了雨水就归于灭亡，

像远远的烛光，随着夜的消逝而熄灭，

　　像一只短命的虫，随着昼尽夜来而殒命，

我的歌落下了，它的翅膀失去力量，

　　曾支持它飞翔的那一片伟大的声音，

余音渐渐远去，在它的上空沉寂，

　　仿佛才让溺死者浮游过的海波，

　　终于在翻腾中将他淹没。

普洛塞嫔之歌[93]

——在安那原野采花时所唱

一

圣哉女神,圣哉地母!
　从您不朽的胸怀,
诞生了诸神、人类和牲畜,
　草叶抽芽,繁花盛开;
愿以您至圣的精神,
护持您的亲儿,普洛塞嫔。

二

如果您以夜露瀼瀼
　滋养这些年轻的花儿,
使它们开得斑斓又芬芳,
　成为时季女神[94]最美的孩儿,

愿以您至圣的精神，
护持您的亲儿，普洛塞嫔。

阿波罗之歌[95]

一

我睡着,不眠的时季女神守望着我;
　周围悬挂着星光交织的帷幔,
把那满天灿烂的月光遮隔;
　从我蒙眬的眼前,她们赶走纷乱的梦幻;
她们唤醒我,当灰色的曙光,她们的母亲,
告诉她们,梦幻和月光都已经远遁。

二

于是我就起身,爬上蓝天的穹盖,
　我行走在山峰和波浪的上边,
还把我的锦袍留赠波涛起伏的大海;
　我的脚步使云块燃起火焰;

岩穴都被我灿烂的精神所照耀，
风让绿色的大地袒裸着由我拥抱。

三

日光是我的箭矢，我用这箭矢
　　射死欺骗，欺骗爱黑夜而害怕白天；
谁干坏事，或者心中想干坏事，
　　看到我就窜逃；而从我灿烂的光线，
善良的心和坦率的行为取得新的力量，
直到夜的统治掩盖了我的光芒。

四

我赐给花朵、虹霓和流云
　　以它们晶莹的色彩；月神的圆球，
还有那永恒的闺阁中的纯洁星星
　　都蒙受我的力量，像披上了锦绣；
人间天上的无论什么灯火，
都是我力量的一部分，都属于我。

五

正午时分我站在苍天的最高峰,
　然后我举起迟回留恋的脚步,
走下大西洋的黄昏的云层,
　人们惋惜我的离去而哀哭;
我从西方的岛屿微笑着给人们以慰藉,
还有什么姿容比这微笑更使人欣喜?

六

我是宇宙的眼睛,宇宙靠了这目光,
　才看见自己,认识自己的神妙;
一切乐器或诗歌声调的悠扬,
　一切预言,一切灵丹良药,
还有艺术或自然的光彩,都取之于我,
胜利和赞美本来就属于我的歌。

潘 之 歌[96]

一

我们来自高原和山区,
　　我们来自森林;
来自河流围绕的岛屿,
在那边,巨浪默默无声,
　　倾听我悠扬的笛音。
芦苇和灯芯草丛中的风,
百里香的花朵上的蜜蜂,
桃金娘枝头的小鸟,
　　菩提树上的鸣蝉,
和草丛里的蜥蜴,
都像老特莫鲁斯[97]一样静寂,
　　倾听我悠扬的笛音。

二

澄澈的比纽斯河流动不息,
　　腾皮谷一片黝黑,
躺在悲利翁山的阴影里,[98]
　　阴影吞没了夕暮的残辉;
　　　河与谷都得到我笛音的祝福。
赛利诺斯、芳恩和西尔万,[99]
　　还有森林和河流的妖女们,
来到河岸潮湿的草地边缘,
　　来到露水瀼瀼的山洞口倾听,
那时在场的一切都怀着满腔的爱,
默默无言地倾听;阿波罗!就像你现在,
　　怀着羡嫉之心倾听我悠扬的笛音。

三

我歌唱舞蹈着的星星,
　　我歌唱变化万千的尘世,
歌唱天国——和巨人们的战争,

以及爱情、生和死，——
　　　然后我变换我的笛音，——
歌唱我怎样离了美纳露斯山谷，[100]
　　追求一个少女，却抱住了芦苇一枝。
神和人呵，我们都这样受了欺骗！
　　我们的心灵破碎，流血不止！
如果妒嫉和年岁还未使你们的血液结冰，
我想你们现在都会哭泣涕零，
　　听着我芦笙的悲音。

问　题

一

我梦见自己在道路上踯躅，
　　凄清的寒冬忽然变成春天，
芬芳的气息把我引向歧途，
　　香味还带来了流水之声潺潺，
长满芳草的岸边有一片丛薮，
　　一道小河就在岸下呢喃，
绿岸不敢伸出两臂把小河拥抱，
却像你在梦中似地，吻一下就逃跑。

二

那儿长着斑驳的白头翁和紫罗兰；
　　雏菊——地上的小熊星座，饰着珍珠颗颗，

星座似的花朵,而且永不暗淡;
　　樱草娇弱;野风信子多么柔和,
它诞生时,连泥土也毫不动弹;
　　还有那些亭亭玉立的花朵,
像欢乐的孩子把天国的眼泪擦在母亲脸上,
当它听见了它的游伴——轻风的声响。

三

在暖和的矮树丛中长着多汁的蔷薇,
　　青翠的白南瓜和月光色的山楂;
还有樱花;还有"洁白的酒杯",
　　它的酒是晶莹的露水,但不在白天喝下;
还有蛇似的常春藤和野玫瑰,
　　常春藤有深绿的嫩芽和叶子,到处乱爬;
还有碧蓝的、黝黑的、镶金似的各种花朵,
比任何醒着的眼睛看到的还美丽得多。

四

在那微波荡漾的河边,

菖蒲开着紫色、白色的花朵，
一颗颗的花蕾闪烁，像星星映眼，
　　还有耀眼的大荷花在水面漂浮，
它们滟滟的光辉如同月光一般，
　　照映着矮树丛边矗立的橡树；
还有香蒲；以及浓绿的芦苇，
对于缭乱的目光，它们有着素净的美。

五

我想把这些幻境中的花朵采集，
　　扎成一个花束，精细地配搭那色彩，
使时季之神的这些儿女，在我手里，
　　保存那缤纷的、互相辉映的神态，
同它们在自然的园地中无异；
　　我将怡然自得，我将多么欢快，
速速奔回我原来出发的地点，
把花束奉献！——可是，啊！教我向谁奉献？

两 个 精 灵(寓言)

〔精灵甲〕

啊,你,张开强烈的欲望的翅膀,
　　要飞升在大地之上,但须留神!
一片暗影尾随着你火焰般的飞翔——
　　　　黑夜快要降临!
　　九霄云外是多么光明,
那儿有阵阵的风和明媚的阳光,
　　在那儿随意飞行有多么幸运——
　　　　但黑夜快要来临!

〔精灵乙〕

天上永恒的星星多么灿烂;
　　如果我要穿过夜的阴影,
我心中燃着爱情的灯盏,
　　　照亮黑夜,如同白昼!
　　还有月亮会露出微微的笑容,
将柔光洒上我的金羽,不论飞到哪边;

流星将照耀我的飞程，
让黑夜光明如同白昼。

〔精灵甲〕

但要是那黑暗的旋风
　唤醒了冰雹、雷雨和闪电；
看，天空的边际已在颤动——
　　黑夜快要降临！
　飓风遣出了疾飞的红色云片
赶上了那边的夕阳，天光朦胧，
　冰雹噼啪，落遍地面——
　　黑夜快要来临！

〔精灵乙〕

我看到了光，我听到了声响；
　我将在暴风雨的黑暗海洋上行驶，
我内心镇静，光明环照四方，
　　黑夜又如日丽中天：
　而你呀，当黑夜深沉而僵冷时，
你抬头眺望吧，从你沉闷的、昏睡的地上，
　也许会看到我像月亮般飞驰，
　　飘摇地飞得多高多远。
　　＊　　　＊　　　＊

人们说，在阿尔卑斯群山深处，
　　有一片悬崖，十分峻峭，
那儿长着一棵冻死了的大松树，
　　　　在雪堆和冰渊上边；
　　疲惫无力的风暴，
向那长着翅膀的精灵追逐，
　　永远在那灰白的树枝周围飞绕，
　　　　风暴的源泉永不枯干。

人们说，每逢干燥的夜晚，晴朗无雨，
　　死之露珠在洼地上昏睡沉沉，
旅人会听到美妙的耳语，
　　　　使黑夜变得白昼般光明：
　　一个酷肖他初恋情人的银色幻影，
飘动着她披散的金发飞去；
　　当旅人在芳草地上苏醒，
　　　　他发现黑夜如白昼般光明。

那不勒斯颂[101]

尾　解　Iα

我站在从地下发掘出的城市里；[102]
　听见那瑟瑟的秋叶像精灵们
举起轻轻的脚步走过街头；
　听见那山峰的阵阵鼾声[103]
　　在那些没有屋顶的巨厦里颤荡；
预言的雷鸣刺人心骨，
　震撼着我停滞的血液里聆听着的灵魂；
我感到大地把肺腑之言倾吐——
　我感到，可没有听到。环抱岛屿的海水，
　　闪闪地映照着大理石柱，
两片碧蓝的天空[104]之间的一片光辉！
　一座座辉煌的古墓在我周围闪光；
时光老人，他似乎最爱宽恕死亡，
从不磨灭这些古墓的纯粹之美；

每座雕像的栩栩如生的丰姿，

　　一如当年雕塑家的构思；

石雕的花环上，桃金娘、松枝和常春藤，

　　像冬天的草叶被一层白雪覆盖，

　　只是不会生长和摇摆，

因为空气像结晶似的寂静，

　　盖住了它们的生机，就如那神圣的力，

　　抚爱着万物的神圣的力，笼罩住我的身心。

尾　解　Ⅱα

　　于是习习的和风，

　　送来交响的清韵，

混合着奔放的爱渥鲁斯琴音[105]和山间的芳香；

　　贝宜海之水，

　　像轻风似地滚动；

在那绿荫浓浓的海底，在它的周围，

　　一朵朵海花在紫色的洞穴里摇曳，

　　就像那永远宁静的空气

　　　　浮动在天堂的国土上；

它[106]像一个天使，带我在阳光的波浪上航行，

　　天使的迅捷的轻舟就是一片云雾，

不会被任何风暴倾覆。

在宁静的晴空下,

我航行所过之处,

总回荡着一缕深情,

从诗歌之王们的[107]

不可知的坟墓里浮升。

从船尾我看到阴暗的艾俄诺斯[108]

染黑了地平线上的空间;

苍穹却扫清了天堂深处;向着它,

船头把无形的海水激起雪白的浪花;

从伊纳里姆[109],那座泰夫的山峰,

　升起一片灿烂的云霞,

　　像一支神兵的旗帜;

　　从所有的海岸,

　响起越来越清晰的预言,

　嘹亮,更嘹亮,这声音渐渐汇合,

飘荡在神托的森林和神圣的海上,使我神往,

我必须把它们说出!让它们成为命运!

首　解　I

那不勒斯!你,在苍天的从不闭阖的眼睛下,

永远赤裸裸地跳动的、人类的心！
天国般的城，叛乱的风暴和海洋
　　都被你的魔力所制伏：它们向往你，
　　有如睡眠向往爱之神！
一座像倾圮了的天堂似的城，
　　失去多少年才复得，然而还只获得一半！ 110
不流血牺牲的辉煌祭坛，111
　　被武装的胜利之神
　　满缀鲜花，纯洁地献给爱神！
你曾经享有自由，后来却失去，
现在又获得，今后再不会丧失自由，
　　如果希望、真理和正义有效，
　　万岁，万岁，万岁！

首　解　II

　　你，最年轻的巨人，
　　在呻吟的大地上诞生，
你披戴着坚不可摧的盔甲从大地的腹中跃出！
　　祈求者中的最末一个，
　　你们曾向上帝的爱祈求，
为了反对那些戴皇冠的蟊贼！披着智慧之甲，

昂然转动你的长枪,

别丧失你英武的气概,

虽然压迫者们互相勾结,正从无数的城堡,

匆忙地调兵遣将!

万岁,万岁,万岁!

中　解　Ⅰα

基密里暴君们胆敢咒骂自由和你,[112]

　　这算什么?你的盾牌就像镜子,[113]

能使他们盲目的奴隶复明,能以锐利的光芒,

　　使那饥饿的剑掉头刺杀它的主子;

　　　　他们的罪孽,

和阿克提翁[114]一样,他们将被自己的猎犬吞噬!

愿你就像那巴西利斯克王,[115]

　　杀死仇敌,而不留剑痕!

注视着压迫,直到那惊人的关头,

　　定叫它恐慌地离开地球。

你不须害怕,只须注视,因为面对着仇敌,

　　自由人越来越坚强,奴隶却越来越懦弱;

　　　如果希望、真理和正义有效,

　　你将创造丰功伟绩——万岁!

中　解　Ⅱα

从自由之神的神圣形体上,

从大自然最深邃的祭坛上,

剥掉一切亵渎的虚饰,撕去错误的层层面幕;

　　在荒凉的废墟上,

在倾覆了的虚伪的国土上,

你神态自若,堂皇地端坐;让毁坏者脸色如土!

　　愿你有平等的法典,

　　飞翔吧,语言,

让它们从上帝座前把真理运载到各处。

　　愿你富强,

　　愿你昌盛无疆。万岁!

中　解　Ⅰβ

你还未听到西班牙唱起激动人心的凯歌,[116]

　　庄严地响彻所有的土地,

使静默的天空回荡着音乐?从伊爱亚岛,[117]

　　直至寒冷的阿尔卑斯山,不朽的意大利

吃惊地听见了你的歌声!
威尼斯荒凉的街道周围的海水
　　灿烂、悦耳地欢笑；寡妇似的热那亚，[118]
在月光下露着苍白的脸念着祖先的墓志，
　　喃喃地说："多里亚[119]在哪里？"美丽的米兰，
　　　她的血管里早就流动着
那毒蛇的使人瘫痪的毒液[120]——
她已举足去踩毒蛇的脑袋。
　　如果希望、真理和正义有效，
　　你就是所有这些希望的信号和保障。——万岁！

中　解　Ⅱβ

　　佛罗伦萨！阳光之下
　　　最美丽的城，
在她的闺房里脸儿绯红，期待着自由；
　　从充满着不可熄灭的希望的眼前，
　　罗马撕掉了教士的长袍，
从前它靠权力来统治，现在它凭敬仰，
　　它也如一个裸露的运动员，
　　　从更远的起点，
争夺以前在菲利比的岸上丧失的最高的褒奖：[121]

当年希望、真理和正义曾经存在，
现在诈欺和非正义有用！

尾　解　Iβ

你们听见那进军的声音了吗，
　　仿佛地之子要向不死的神道开战？[122]
你们可曾听见千万个黑暗的风暴，
　　隆隆地冲破它们渺不可即的住处，
　　　　岩石和霹雳的云块筑成的住处？
你们可看见旗帜在阳光下招展，
　　上面绣着野蛮人的骄傲的纹章？
粗暴的恫吓声打破了远方的寂静，
　　笼罩在我们辽阔的伊甸园之上的静穆天空
　　　　也被刀枪的光芒染污；
北方的暴君们[123]带领着他们的军队，
　　乱哄哄，像开天辟地时一般混乱，他们毁坏一切；
成百个部落——靠了乖戾的宗教[124]
和无法无天的奴役繁殖起来的部落，
　　涌下白色的阿尔卑斯山凌霄的地区，
　　这些饥不能待的饿狼，带来灾祸，
踩灭了古老的荣誉留下的光辉足迹，

把我们圆柱耸立的城市蹂躏成废墟,
　　他们放纵地发泄野蛮的兽欲——
　　　糟蹋美的遗迹,
他们来啦!被他们踏过的田野变成焦土,
河水一经他们涉足,泛起血波!

尾　解　Ⅱβ

　伟大的精灵,最深厚的爱!
　　它统治着、推动着
意大利岛上生存着的一切;
　　它把蓝天笼罩意大利,
　　它的森林、山峦、波浪,拥抱意大利;
在大洋西方的天上,它守护着你的星宿;
　美的精灵!遵照着它温和的命令,
　　阳光和阵雨从大地寒冷的胸怀
　　　摄取一次次的丰收;
啊,让每一道阳光都成为电闪似的剑,
　刺瞎眼睛的剑!让阵雨降下毒药!
　　让地上的万物起来奋杀!
　　让头上明朗的天空,
　　　被光明和黑暗环绕的穹苍,

成为一座巨冢，埋葬那些
　　　企图埋葬我们、埋葬你的虎狼！
或者，你的热心，使众志成城，
鼓舞你的儿女，就如在俯伏的地平线上，
你的灯盏把光芒喂给每一个黄昏的波浪。
让人类高贵的希望和永不熄灭的心愿
成为实现你神圣意志的工具！
　　那时，像乌云躲开阳光，羚羊逃避豹子，
　　　像忧伤和恐惧离开你，
　　　　克尔特族的豺狼
　　将更快地逃避奥索尼亚的牧人。[125]
无论如何，精灵呵，不管你放弃或守住
　　你那星空上的宝座，啊，
　　　让这座崇拜你的城永保自由！

秋：一曲挽歌

一

暖和的太阳渐渐冷却，凄凉的风在恸哭，
光秃的树枝在叹息，苍白的花朵奄奄待毙；
这一年，
在大地——她临终的床上，覆盖着层层死叶，
仅存一息。
来吧，一个月一个月相接，
从十一月到五月，
你们排成最悲哀的行列；
来送走已死的冰冷的年头，
护送她的灵柩，
而且像一个个阴影在她墓旁厮守。

二

寒雨纷纷，冻僵了的虫豸在蠕行，
河水汹涌，雷声像是一阵阵丧钟，
   为了这一年；
快乐的燕子飞走，每一条蜥蜴
    都回到洞中；
  来吧，一月复一月，
  穿上白的、黑的、灰的丧衣；
  让你们快乐的姊妹去嬉戏，
  而你们都来志哀，
  来殡葬这冰冷的、逝去的一年的灵柩，
还用点点泪珠把新绿洒遍她的坟头。

致 月 亮[126]（断片）

　　你为什么这般苍白，
莫非倦于攀登苍穹，凝望大地？
　　形单影只，成年漂泊，
而周遭的星星又和你身世迥异？
莫非倦于盈亏，像一只抑郁的眸子，
什么也不配消受你坚贞的凝视？

自　由

一

一座座火山互相呼喊应答，
　　它们的轰鸣激起四方的回音；
飓风吹起它的喇叭，
　　汹涌的海洋就彼此唤醒，
　　冬之宝座周围的冰山也摇震。

二

闪电从一片云层里射出，
　　一千个岛屿都被照亮；
地震把一座城摧毁成焦土，
　　一百个城都抖颤和摇晃；
　　那声音在地层之下回荡。

三

但你目光犀利,远胜雷电迸射的火花,
　　你的步伐比地震的脚步还神迅;
你的声音能使怒吼的海洋喑哑;
　　你的光芒使火山失色;太阳的神灯
　　与你相比,不过是磷火荧荧。

四

太阳照射海洋、高山和云雾,
　　万丈光芒刺穿蒸气和风暴;
从心到心,从民族到民族,
　　从城镇到茅舍,你像曙光普照——
暴君和奴隶都成为夜的阴影,
　　当晨曦的第一道光芒来临。

夏天与冬天

一个晴朗、爽快的下午,
阳光灿烂,快到六月末;
北风从地平线上把银色的云朵赶拢,
成堆成团,像浮动的山峰;
山峰背后光洁的天空,
越显得杳远,越显得无穷。
阳光下,一切都在欢笑:
河流、玉米田、芦苇和野草;
还有柳叶在轻风中眨着眼睛,
一棵棵的大树投下浓密的绿荫。

冬天来了,鸟儿冻死在林莽深处,
鱼儿在透明的冰块下面僵卧;
甚至温暖的湖水也结了冰,
湖泥冻结,露出干瘪的皱纹,
坚硬得就像一块块的砖头;

享福的人们，拉着小儿女的手，
围坐在熊熊的炉火旁还感到冷；
唉，那些无家可归的年老乞丐怎么行！

宇宙的漂泊者们

一

告诉我，星星呵，你张开发光的翅膀，
像一团火焰似地飞翔，
你飞到黑夜的哪处幽房，
　　才把你的翅翼合拢？

二

告诉我，月亮呵，你形容憔悴，
在太空跋涉，无家可归，
要赶到黑夜或白日的何处边陲，
　　你的旅途才告终？

三

疲倦的风呵,你到处漂泊,
像世间不受欢迎的旅客,
你可真没有一个秘密的窝——
　　树梢头,浪花中?

奥菲乌斯[127]

一 人 独 唱

离这儿不远。从那座陡峭的山上,
长着一圈橡树的那座山上,你就能眺望:
一片黑苍苍的、荒芜的原野,一道河,
一道深而狭的黝黑的河,从那儿缓缓流过;
风吹不起它一圈涟漪;娇美的月亮
徒然张望,照不见她自己的模样。
这奇异的河流,你沿着它不毛的河岸上溯,
来到一个黑魆魆的池沼之旁,
这就是小河的源头,但你看不到
迸涌的池水,因为漆黑的夜把它笼罩;
夜色在穹隆似的岩石之下弥漫,
岩石遮蔽池沼——那不竭的阴影的源泉,
一缕缕柔和的光线在池边缭绕,
光线颤抖着,欲与它的情人拥抱,——

但是,像赛林克司逃避潘[128],黑夜逃避白日,
或者,怀着最严厉的、无动于衷的厌恨,
断然不让白日得享她天使似的拥抱与温存。
在这巉岩嶙峋、奇形怪状的山的一边,
有一个洞穴,从那儿涌出一片
透明的轻纱似的淡淡迷雾。
迷雾的气息摧残着一切有生之物;
它时而笼罩岩石,时而被风吹散,
沿着河流飞荡;或者在岩缝中留恋,
把一切毒死,连昏睡的小虫也不能幸免。
在那黝黑山岩的一片悬崖上,
长着一丛柏树;但是它们一点也不像
矗立在你们家乡山谷里的翠柏,
有着优美的树尖,而且生气勃勃,
风儿轻轻地抚弄着它们的枝干,
而不敢惊扰它们,怕损坏它们的庄严。
这些树却是疲惫地站着,憔悴不堪,
彼此相依偎;它们无力的枝干,
在风儿的吹动下叹息,在疾风中打颤——
它们是风吹雨打受尽磨折的一群!

合 唱 之 群

那是什么神奇的声响,轻微而哀怨,
比那喃喃低鸣的风声还要动听,
当风儿绕着一座庙宇的圆柱盘旋?

一 人 独 唱

这是奥菲乌斯的琴音在飘荡,
风把它带来;风叹息着,抱怨自己暴虐的王,
催风儿赶快离开这些滋养着空气的音符;
但风儿挈带着这袅袅余音,像一颗颗露珠,
散布在你们惊讶的感官上。

合 唱 之 群

        难道他还在歌吟?
我以为当他失去攸里底斯的时候,
他已忿忿地甩掉了他的竖琴。

一 人 独 唱

　　　　　　　　　　　　　　啊，不！
他停顿了片刻。像一只被逐的可怜的牡鹿，
在一道急流的可怕的岸边，
抖索了一会，但已追来了，那些残酷的猎犬，
吠声震耳欲聋，箭矢纷飞而来——
鹿跳下水去：奥菲乌斯的心也和牡鹿相似，
被无穷忧伤的利牙所咬住、所啃痛，
他像美娜德[129]般拿起琴儿在光明的空中摇动，
厉声叫道："她在哪里呀，天又昏暗！"
于是，他就拨动琴弦，
奏一曲沉痛而可怕的音乐。不堪回首！
很久以前，当美丽的攸里底斯活着的时候，
她流盼着明眸，坐在他身畔倾听，
他温柔地咏叹高贵的、天国才有的事情。
就像一道小河，随着和煦的春风，
泛起一圈圈涟漪——每一圈波纹
就像是太阳的一面闪烁的镜子，——
玎琮地在葱绿的两岸之间流驰，
从不停顿，而且总是澄澈而清新。

他的歌声也像这河水一般流倾。
他唱出了深深的喜悦与温柔的爱情,
那是非同凡响的天国里的歌声。
但这些都是往事了。从可怕的地狱回来,
他找了一个孤独的座位———一方未琢磨的石块,
上面盖满苔藓,在不毛的荒野间。
于是从他无穷尽的、不可抑止的悲痛之泉,
向天空喷涌起一片怨怒的歌声。
它就像一道巨大的瀑布在奔驰,
以强有力的激流冲破岩石;
同时发出可怕的呼喊和怒吼,
让声音滚下危岩;从一个四季不竭的源头,
发出宏亮、猛烈,然而最谐和的吼声,
永远窜流、奔泻,打破空间的寂静;
当它降落时,一片片的水雾腾起,
太阳给它们穿上伊里斯[130]的五彩的外衣。
就这般,他那狂风暴雨似的悲痛的急湍,
用最悦耳的诗的音调和多采的语言来表现。
不同于人类所有的制作,
它永远不显得结构松弛;经过每一顿挫,
智慧和美,以及宏伟的诗艺的神力,
总是在美好的协调中融成一体。
就像我曾看见猛烈的南风穿过幽暗的太空,

驱逐一大群张翅膀的云块不停地向前飞涌，
遵照着它们狂放的牧人的意愿；
暗淡的星星在云的羽翼的隙缝后面眨眼。
不久，天空变得澄澈，变得平静，
高高的穹盖布满繁花似的星星，
罩住摇晃的大地；或是静悄悄的月亮，
从东方的山峦背后辉煌地升上，
迈出优雅的快步，开始她的游逛。
我说的是月亮、风、星星，不是说诗歌；
若要我模拟他崇高的歌的风格，
大自然必须借我以无人使用过的字句，
否则我必须从她的杰作中吸取，
以表现他十全十美的艺术的特点。
现在他不再处于不毛的荒野中间，
坐在那石块上悲吟，
因为常绿的、纠结的冬青，
还有难得摆动枝条的杉树，
长着可喜的果实的墨绿橄榄树，
还有榆树，缠绕着一缕缕葡萄藤，
葡萄纷纷落下，因为藤萝早已扎紧，
还有长着黑刺的灌木，和它们的幼苗，
开着嫣红的花；山毛榉，那是爱侣们所喜好；
还有垂柳；这些植物都或快或慢，

以轻巧的茎叶或高大的枝干，
围绕住他的座位；伟大的大地母亲，
也从她慈爱的胸怀里送来一簇簇
星星似的花朵和芬芳的香草，
来铺设他以诗歌筑成的神庙；
猛狮俯伏在他的脚下，
羔羊在他身旁，因为爱而不再害怕。
甚至盲目的昆虫也似乎听到他的歌唱。
鸟儿们低垂着头，悄无声响，
停息在树木的最低的枝梢上；
连夜莺也不插嘴歌唱一声
来与他较量，而只是默默地倾听。

弥 尔 顿 之 魂（断片）

我梦见弥尔顿的灵魂苏醒,
    从生命的绿树上取下他攸累尼亚[131]的琵琶;
他一挥弦,就响起雷声殷殷,
震撼了一切人为的、用以蔑视人的东西,
血腥的皇座和渎神的祭坛摇摇欲坠,
还有监牢和碉堡……

一八二一年

致　　夜

一

快快跨过西方的海，
　　夜之精灵！
从那迷蒙的东方洞穴里出来；
在那儿，长长的、孤寂的一天中，
你编织着欢欣和恐惧的梦，
这使你变得又可怕又可爱；
　　愿你快快飞来！

二

用一件灰大氅裹住你的身子，
　　大氅上满缀着星星！
用你的长发盖住白日的眼睛，

吻着她,吻到她感觉疲乏,
然后你飘过城市、海洋和陆地,
用你催眠的魔杖点拨一切,——
来呀,我长久地盼望你!

三

我起身时看到曙光,
　　因而思念你,为你叹息;
当红日高照,露水消散,
正午沉重地压在花和树上,
当疲惫的白天将要休息,
像一个不知趣的客人还不走开,
　　我思念你,为你叹息。

四

你的兄弟,死亡走来叫道:
　　你需不需要我?
你的爱儿睡眠,睡眼惺忪,
像晌午的蜜蜂嗡嗡细语:

让我栖息在你身旁?
你要不要我?我回答它:
　　不,不要你来!

五

等你死后,死亡就会来,
　　快,啊,太快了;
等你走后,睡眠会来;
对这两者,我一无所求,
我只要你,可爱的夜呵——
愿你快快飞来,
　　赶快,赶快!

时　　间

深不可测的海！它的波浪就是流年；
　时间之洋，它那愁苦无底的水，
是人类眼泪中的盐分所渍咸！
　你无边无际的波澜，随着潮涨潮退，
紧紧抓住了人生的极限，
倦于捕食，仍咆哮着不知餍足，
把破碎的船只呕吐到无情的岸边，
　平静时诡谲，风暴起时恐怖，
　　谁敢在你身上驶航，
　　　你，深不可测的海洋？

致 × ×

音乐,当袅袅的余音消灭时,
  还在记忆之中震荡——
花香,当芬芳的紫罗兰凋谢时,
  还在心魂之中珍藏。

玫瑰花,当她的花时尽了,
  用落红为她的所爱铺成锦床;
对你的思念也如此,待你远行了,
  爱情就枕着思念进入梦乡。

歌

一

你真难得，真难得来，
　　欢乐的精灵！
为什么从我身边跑开，
　　老见不到你的踪影？
自从你离了我的身边，
我是多么烦闷，度日似年。

二

一个人倒霉得像我，
　　怎么能把你请回？
你愿意同快乐逍遥者一伙，
　　嘲笑别人的伤悲。

你呀，虚枉的精灵！
只忘不了那些不需要你的人。

三

像草丛中的一条蜥蜴，
　风吹草动，马上逃走；
你一见哀伤，立时躲避。
　人心里感到忧愁，
叹口气，责备你不来临，
但责备你，你就是不听。

四

让我把这悲伤的歌曲
　谱上快乐的音调；
你来不是为了怜悯痛苦，
　而是为了凑凑热闹；
怜悯会割掉你残忍的翅翼，
那样，你就寸步难移。

五

你所爱的一切我都爱,
　　欢乐的精灵!
我爱看大地披上葱绿的新装,
　　也爱夜晚的星星;
　　我还爱秋天的傍晚,
　　和那拂晓时分的金雾弥漫。

六

我爱雪花,我爱冰霜,
　　爱莹洁霜雪的婉丽多姿;
我爱风,我爱波浪,
　　也爱那雷鸣电掣,
我爱大自然的一切神工,
只有它们能不沾染人的苦痛。

七

我爱恬静的独处,
　也爱交游和良朋,
只要聪明、善良而和睦;
　你我究竟有何不同?
我虽爱,而追求不到手,
但你却应有尽有。

八

我爱爱神,虽然他长着翅膀,
　亮光一闪就飞去;
但我爱你,驾乎一切之上,
　精灵呵,我最爱你:
你就是爱和生命!你来,你来,
愿你再来居住在我的胸怀。

闻拿破仑死讯有感

咦！你[132]还活着，而且神气活现，哦，大地？
　你未免太神气活现了吧？
　咦！你倒依然能够跳跃出来，
披着你那晨曦的欢乐的光辉，
星星之群中最末后一个？
哈！倒依然能够跳跃出来？
妖魔退了，你的手足不再麻木？
拿破仑已经死啦，你又能动弹？

啊！你那活跃的心脏没有冷却？
　你的炉心难道还燃着火焰？
啊！他的丧钟不是在声声鸣响？
　而你居然健在，大地母亲？
当那个最凶猛的精灵逃走时，
你在它那熄灭、冷却的余烬上，
烘烤着你年老的手指——
怎么，母亲，现在他死了，你发笑？

"谁知道我的过去?"大地反问道,
　"还是谁说出了我的旧事?
　　太神气活现的正是你自己。"
于是在电闪般的讥嘲的笑声里,
她唱道,"凡是我的儿子,
当他们的丧钟响起,我都搂在怀里;
而且把生命的动力给予大家,
让生命像野草似地从死亡中滋生。"

"还活着,而且神气活现,"大地高声说,
　"我越活越加神气活现,
　　死者使我增加千倍万倍
速度、光彩和快活的心情。
我本来阴沉、寒冷、多愁云,
像一团混沌的冰块似地旋转着,
后来那些强有力的死者的精灵
使我心头暖和。我就靠我喂养大的来喂养。"

"唔,活着,而且神气活现,"大地还在唠叨,
　"拿破仑的凶猛精灵曾经奔驰,
　　激起一片恐怖、血腥、辉煌的浪花,
从生到死,他是一股破坏的激流。
让那千百万后来人趁热打铁,

别让它冷却；他的羞耻，如尸体一般，
盖在我身上；让后来者把希望，
从他的荣誉上逃走的希望，加于这羞耻之上吧。"

致××

一

一个字眼[133]使用得太滥,
　我再也不忍滥使;
一种情感[134]太被人小看,
　你就不应该蔑视。
一个希望[135]和失望相近,
　也就谈不上破碎;
你的一片怜惜之心,
　自比别人的可贵。

二

我不能奉献所谓爱,
　但你难道忍心拒绝

心灵对苍天的崇拜？
　　这崇拜，苍天并不推却，
仿佛飞蛾对星星的遥恋，
　　黑夜对黎明的盼望，
人在悲苦的尘世中间
　　对缥缈梦影的向往。

黄昏：在比萨马勒桥畔（断片）

一

太阳落下了；燕子也都入睡；
　蝙蝠飞驰在苍茫暮色中；
懒洋洋的虾蟆爬出潮湿的泥堆；
　黄昏的气息在四处飘动，
却未把小河从夏梦中唤起，
使那发颤的河面泛起一圈涟漪。

二

今夜没有露珠浸湿干草，
　树荫之下也没有水汽；
风吹吹停停，干燥而轻悄；
　在微风时不时的吹拂里，

尘土和茅草纷飞，又落到地面，
在城中的街道上飞旋。

三

在那湍湍流动着的小河之上，
　　映着城市的揉皱了的倒影，
永不静止，却不可搬移，不住颤荡，
　　但是永远也不会消隐；
去到那……
你，已非当时的你，它却风光如昔。

四

太阳沉落了，沉落到那个深渊，
　　深渊被暮云最幽暗的帐幕盖紧，
那云块就像山上边再压座山，
　　它们膨胀了，成团地向上浮升，
上边是一片海水似的碧蓝，
长庚星锐利的光芒却把它刺穿。

音　　乐（断片）

一

我渴望着那种神圣的音乐，
　　我的心干渴，像一朵枯萎的花；
快倾出乐声，像倾出醉人的魔酒，
　　让音符像银铃似的雨，阵阵倾洒；
像一片不毛的平原盼待着甘霖，
我喘息，我昏晕，直到音乐降临。

二

让我畅饮那悠扬乐声的芳醇，
　　不够，啊，不够——我的干渴未止；
忧愁把一条蛇紧紧捆在我心头，
　　音乐解除了它的束缚，使它不致闷死；[136]

那使人迷醉的音响，经过每一条血管，
在我的心脏和脑海里旋转。

三

一如生长在银色湖畔的紫罗兰，
　　它的芳香渐渐消散，
当炎热的正午喝干了它杯中的露水，
　　而没有一丝雾霭来滋润它干渴的花瓣；
紫罗兰奄奄待毙，而它的芬芳
也驾着风的翅膀飘散在碧蓝的湖上。

四

有如谁举起一只魔杯，
　　把飞沫、闪耀、低吟的琼浆狂饮；
一个神通广大的女巫把酒杯斟满，
　　让他爱上她神奇的一吻……

明　天

你在哪儿呀，可爱的明天？
　无论是强的、弱的，青年、老年，
富的、穷的，尝够了欢乐与伤悲，
　　我们总是寻觅你可爱的笑脸，——
终于到得你身边——啊！可真倒霉！
　　——偏遇到避之唯恐不及的今天。

诗 数 行

当我漫步在秋天的黄昏,
　片片的黄叶飘零,
当我眺望着春日的碧空,——
那冬天的奇妙霜雪,
那夏天的浮云,——这些陈迹,
如今它们可都在哪里?

"我不愿为王"（断片）

我不愿为王——
　　爱，也已经够苦；
走向权威之路并不康庄，
　　更有狂风暴雨君临着高处。
我不愿攀登帝王的尊位，
王位原筑在冰块之上；幸运的太阳
　　会在正午把它融化成水。
再见吧，国王；可是我若为王，
　　也不至于立刻感到伤悲。
做了国王的我就会去远方，
去到喜马拉雅山上牧羊！

一八二二年

给简恩:回忆[137]

一

那一连串的日子,
　　都和你一样美丽而明朗;
如今那最可爱的最后一天也已消逝,
　　醒来吧,记忆,写下赞美它的诗行!
快拿起你熟习的笔杆,
　　为消散了的光辉写下墓铭,
因为大地的面貌已经改变,
　　苍穹也仿佛把眉尖锁紧。

二

在那波涛起伏的海滨松林里,
　　我们俩曾一同漫步,

暴风雨远在它的家园，
　　最轻柔的风也守着自己的家屋。
低吟着的波浪似睡似醒，
　　云儿出外去游玩；
海洋的胸脯上
　　映着苍穹的笑颜；
仿佛那美好的时辰
　　是从天外飞来人间，
把天国的一片光明
　　从太阳之外的天空投向尘寰。

三

我俩留连在松树林，
　　松树像巨人站在荒原上，
暴风雨把它们折磨成
　　相互纠缠着的巨蟒；
但在苍穹下飘荡的阵阵轻风
　　却温柔地抚弄着它们；
松树奏出音乐，闪烁着光彩，
　　跟轻风一般的温存；
一会儿，树梢都入睡了，

像那海洋上的绿波,
又如沉寂的海底的树林
　　一般静默。

四

多么静!——那儿的寂寥
　　像是被一条链子锁住,
甚至那忙碌的啄木鸟,
　　反使这不可破坏的静默
变得更静更静了;
　　我们轻轻地呼吸那平和的气息,
　　一点也不损害那越来越浓的静寂。
仿佛从最遥远的地方,
　　从白雪皑皑的荒凉的山峦,
直到我们脚下轻柔的花朵,
　　划下了一个魔圈,——
一个精灵在周围散布了
　　迷人的宁静的生命,
使我们世俗心灵的纷扰
　　归于暂时的安宁;
而且我还发觉:

这魔圈的中心，
就是一个美丽的形象，
　　她使沉滞的气氛洋溢起爱情。

五

我们留连在一个个池沼之旁，
　　池上盖着茂密的枝叶；
每一个池沼像一片小小的天空，
　　笼罩着下边的一个世界；
一片紫色的苍穹
　　镶嵌在黝黑的地面上，
比深沉的夜还深邃，
　　比白日更为纯净明亮，——
可爱的树木在池面上
　　和在空气中一样生长，
而且比陆地上的树木
　　有着更美的色彩和形象。
那儿映出林中空地和草坪；
　　穿过浓绿的树丛，
洁白的太阳闪射光芒，
　　像曙光透过一片浮云。

如此美景在我们陆上的世界
　　永远不能看到，
像这美丽的葱绿森林
　　被池水的爱情所返照。
池面上的一切，
　　都闪着天国的光辉，
那儿的空中没有一丝风，
　　月光也分外柔美。
仿佛一个爱人把这美景
　　献给黝黑的池水，
它的一草一叶，
　　都比真实表现得更美；
直到一阵忌妒的风爬来，
　　像一个不受欢迎的思想，
从心灵的太忠实的眼睛
　　抹去一个亲切的幻象。
虽然你是永远美丽而和善，
　　森林永远苍翠，
雪莱心中却难得如此恬逸，
　　像这映照着一片宁静的池水。

给简恩:"亮晶晶的星星在眨眼"[138]

一

亮晶晶的星星在眨眼,
美丽的月亮在星群中露脸,
　　亲爱的简恩!
　　吉他之声玎玲,
但那音乐不算美妙,要是你不唱一遍。

二

　像那月儿的柔波
向着朦胧寒冷的星空洒落,
　　你最婉转的歌声
　　　把自己的灵魂
赠送给了那无心的弦索。

三

今宵星星很早就会苏醒,
虽然月亮要睡迟一个时辰;
　啊今宵,
　　草叶不会颤摇,
当你清歌的露珠散发出欢欣。

四

　虽然歌声的魔力太强,
还请用你美妙的喉音把歌儿吟唱;
　那曲调是人间所无,
　　只有在缥缈的天府——
那儿三者是一体:感情、音乐和月光。

悲　　歌

高声地哀号着，狂暴的风，
　　唱不成悲歌，因为过于伤痛；
不停地刮着，猛烈的风，
　　当阴云整夜敲着丧钟；
伤心的暴雨，徒然地恸哭，
高伸着秃枝的树丛，
凄凉的海洋，深深的洞窟，——
　　你们都号啕吧，为了人间的罪恶！

岛

有一个绿草如茵的小岛，
秋牡丹和紫罗兰
把它铺饰成一幅绣锦；
夏天的轻风把花和叶
编织成小岛的屋顶；
那松林和大树的浓荫
遮住了日光与风雨，
树木像岛上嵌着的一块块宝玉；
无边的碧波环绕在小岛周围，
云和山峰就用这万顷之水
铺成一片蓝色的湖，那么深邃。

致 月 亮(断片)

天上灿烂的游女,爱娇的姑娘,
只有你一个才许任意把模样变化,
才许永远受人崇拜向往;
你别羡慕这暗淡的世界吧,
因为在它的阴影中只生长过一个,
就只一个〔像你这般〕美的姑娘。
……

注　释

1 《一只猫咪》创作于1800年，当时雪莱仅八岁。据一些传记家说，诗人很早就反对英国贵族、资产阶级的继承法和长子继承法，他曾带着忿怒的心情注意到自己的父亲如何焦急地等待着他祖父的逝世，好继承遗产和在议会中的干俸。这首诗也反映了雪莱的这种心情。（第3页）
2 爱林（Erin）：爱尔兰的古称。（第6页）
3 巴利阿人（Pariah）：印度最低层、最受压迫和鄙视的人。（第8页）
4 原诗录自雪莱早年致黑奇纳女士（Miss Hitchner）的信。雪莱在回信中与黑奇纳讨论生死问题。诗的原题是:《致为了这种信念而死的玛丽》。（第12页）
5 原诗无题，现在这个标题是1870年版《雪莱诗集》的编者罗色蒂所加。（第14页）
6 法佛尼阿［法沃尼乌斯］*（Favonius）：希腊神话中西风之神。（第14页）
7 罗伯特·安麦特［罗伯特·埃米特］（Robert Emmet，1778—1803）：爱尔兰革命家，1803年领导起义失败，遭英政府杀害。（第15页）
8 爱林，见注2；逝者，指起义失败后死难的爱尔兰革命志士。（第

---

* ［］内为现今常用译名。下同。——编者

15页）

9 此诗牛津版《雪莱诗全集》编者赫钦生归入雪莱1814—1815年的早期诗作中。原诗没有标明创作年月。雪莱夫人猜测此诗作于1817年。据道登《雪莱传》说，此诗可能作于1814年6月，是献给雪莱夫人玛丽·葛德文的。注家伍德贝里则认为此诗是写给雪莱前妻哈丽叶·韦斯布克的。（第16页）

10 华兹渥斯［华兹华斯］（William Wordsworth, 1770—1850）：英国19世纪著名浪漫主义诗人，早年拥护法国革命，后背叛革命。（第21页）

11 波拿巴（Bonaparte）：即拿破仑。（第22页）

12 雪莱认为只要有"精神美"的存在，死不但不可怕，而且充满着希望；否则死也就和现实生活一样黑暗。这首诗反映了雪莱的柏拉图式的唯心主义思想。（第25页）

13 意谓只有在黑暗中才看得见微弱火焰的光芒。雪莱在这里以"微弱的火焰"比喻"人类思想"，"黑暗"（微弱火焰闪光的条件）比喻"精神美"。（第27页）

14 白山（Mont Blanc）：阿尔卑斯山脉的最高峰，在法国东南部与意大利接壤处，山上多冰河。沙摩尼谷就在山下，阿夫河也从那儿流过。（第31页）

15 可怕的怀疑，指所谓上帝创造自然的宗教迷信观点；"如此柔和、庄重、肃穆的信念"则是指华兹渥斯等人所倡导的"自然崇拜"（natural piety）；雪莱认为人要和大自然和协，就必须客观地认识自然，亦即应该破除这种"怀疑"和"信念"。（第35页）

16 1817年1月，雪莱前妻之父提起诉讼，控告雪莱"停妻再娶，诽谤宗教"。当时大法官艾尔顿左袒原告，判决将雪莱前妻所生子女归第三者抚养。雪莱作此篇揭露当时英国司法和宗教的黑

暗。（第41页）

17 埋葬了的死尸，指1641年废除的英国"威斯敏斯特民事刑事裁判法庭"，这个法庭专门审判一些法典上没有提到的罪行，以专横无理著称。（第41页）

18 自然的丰碑，指父母与子女的自然关系，父母抚养自己儿女的权利。（第41页）

19 据传说，鳄鱼哭其所吞食之人，或善作哭声以诱人。（第45页）

20 威廉·雪莱，雪莱的儿子，玛丽·葛德文所生，当时还不到两岁。（第47页）

21 指雪莱与其前妻哈丽叶·韦斯布克所生的一子一女，英国法院判决归第三者抚养，参看注16。（第47页）

22 指玛丽·葛德文1817年9月所生的一个女儿，当时还在腹中。（第48页）

23 即指玛丽·葛德文尚未生下的胎儿。所谓"真属于我们"，是说雪莱以前两个孩子被反动法院夺走，实际上并不属于他。（第48页）

24 奥西曼狄亚斯［奥兹曼迪亚斯］（Ozymandias）：古埃及王。据古希腊史家代俄多拉斯［狄奥多罗斯］（Diodorus）的记载，奥西曼狄亚斯的石像是全埃及最巨大的一座，其上有铭文曰："我是奥西曼狄亚斯，王中之王；谁如果想知道我躺卧在哪里，让他超越我的许多伟绩之一吧。"（第51页）

25 此诗据说是献给英国哲学家威廉·葛德文（William Godwin, 1756—1836）的。葛德文是著名的空想社会主义者，也是雪莱的岳父。（第52页）

26 撒旦（Satan）：《圣经》中所说的恶魔。许多诗人把他用作反叛者的形象。（第53页）

27 《致尼罗河》是雪莱与济慈、李·亨特比赛诗艺而写的,其他二人也都写了一首同样题目的十四行诗。(第59页)

28 卡斯尔累［卡斯尔雷］(Robert Castlereagh,1769—1822):臭名昭著的英国外交大臣,与当时爱尔兰、意大利及欧洲其他国家的民族解放运动坚决为敌。(第77页)

29 阿尔比温［阿尔比恩］(Albion):英国的古称。(第77页)

30 她,指英国;她的儿女,指英国人民。(第77页)

31 七、八两节是诗人忿激的反话,实际上是号召劳动人民起来斗争。(第82页)

32 两个政治人物,即当时英国政客息德马司［西德茅斯］(Sidmouth)和卡斯尔累。(第83页)

33 指1760—1820年统治英国的国王乔治三世。他在位最后十年,由他的长子(即后来的乔治四世)做摄政王。(第88页)

34 妹妹,指春天的东风。(第91页)

35 雪莱把天与海比作巨树、云比作落叶。(第92页)

36 美娜德［迈那德斯］(Maenad):疯女郎,希腊神话中酒神的侍女。(第92页)

37 贝宜湾(Baiae):意大利那不勒斯湾西部名称。(第93页)

38 意为童年时代幻想能够随风遨游太空。(第94页)

39 西风以树丛当作弦琴,奏出音乐。(第95页)

40 雪莱于1820年5月8日写给吉斯本夫人的信中说:"寄上评论诗人们的一首小诗,这诗本身就是替华兹渥斯作的剖白。"注家罗色蒂认为指的就是这一首诗。(第96页)

41 "一个更辉煌的星座养育的孩子"及下行"从月亮之外的天国飞来的灵魂",均指诗人们。(第97页)

42 据注家意见,1819年6月,雪莱的儿子威廉不幸在意大利夭折,

雪莱夫人伤痛不堪，此诗和下一首同样题目的短诗都是因此而作的。（第100页）

43 当时雪莱夫妇同在罗马。"为何离去"云云，是说雪莱夫人丧子之后过分沉浸在哀痛中，无心过问其他事情。（第100页）

44 欣喜，指玛丽·雪莱的长子威廉。（第101页）

45 母鹿，象征温柔优雅。雪莱在另一诗篇《阿特拉斯的女巫》中也有"像母鹿似的温雅"之句。（第108页）

46 希腊神话中，美少年那耳喀索斯看到映在水面上的自己的倒影，疑为一个美丽的水仙女，终于为了这个幻想中的水仙女而跳水自杀。他死后化为水仙花。（第109页）

47 铃铛儿，指铃兰的花朵；嫩绿的帐幕，指铃兰的叶。（第109页）

48 美娜德：见注36。（第110页）

49 眼睛，指百合花的花心。（第110页）

50 天幕，即本节第一行"花朵盛开的树枝"。两岸的树木枝叶茂盛，遮盖住小河，形如"天幕"。（第111页）

51 不凋花：希腊神话中所说的一种生长在天堂里、永不凋敝的花。（第112页）

52 此行原文相当晦涩，英美注家如斯温朋（Swinburne）、亚历山大（W. J. Alexander）、克拉克（G. H. Clarke）、休斯（A. M. D. Hughes）等有不同的解释。现参考亚历山大和克拉克二家的解释译出。"它最感贫乏"，是说含羞草无花，也无香味；"它有最多的爱情"，是说含羞草热爱别的花草，而别的花草虽然都有美的形态，却缺乏对其他花草的爱。（第113页）

53 展翅的虫儿，指蜜蜂。（第114页）

54 朦胧的中午，中午日光强烈，水蒸气变成一片轻雾，所以造成"朦胧"的感觉。（第115页）

55 这里作者以海洋比拟无意识的梦,而把海底的沙土比作人在睡眠时暂时潜伏的"意识"。(第116页)

56 月光下的天堂,指女郎照拂下的花园;星辰,指花朵。本节第三行"一盏盏明灯"是指"星辰",也就是指花朵。(第118页)

57 精神,原文为 spirit。据《牛津大词典》解释,这是古代人们认为充满在血液中和人身主要器官的一种物质和液体,其特点是自然的、动物的、富有生命的。日本注家斋藤勇译作"精气"。(第120页)

58 贝宜湾:见注37;维苏威(Vesuvius):意大利著名的火山。(第122页)

59 二十二、二十三两节中的"他"均指冬天。(第129页)

60 本节为西班牙诗人卡尔德隆(Pedro Calderon,1600—1681)所作戏剧《浮生若梦》中一首歌词的意译。雪莱极爱卡尔德隆的戏剧。(第133页)

61 引自拙译拜伦《恰尔德·哈洛尔德游记》第四章第九十八节。(第146页)

62 1820年西班牙人民起义,迫使国王斐迪南七世实施1812年的宪法,释放爱国人士。(第146页)

63 你,即自由。(第147页)

64 乳母,即大地。(第147页)

65 另一个灾星,指宗教。(第148页)

66 这里指古希腊流行的神托或神谶(oracle)。(第149页)

67 培罗斯[帕罗斯](Paros):希腊岛名,该岛产大理石,古希腊的许多建筑和雕像都是用培罗斯产的大理石琢成的。(第149页)

68 那座山,即雅典的卫城阿克罗波利斯(Acropolis)。(第150页)

69 卡德摩斯的神女(Cadmaean Maenad):酒神的侍女。欧里匹狄

斯［欧里庇得斯］的戏剧中描写这些神女用奶汁喂养幼狼。（第151页）

70 罗马刚出现时，希腊还没有丧失自由精神。你最爱的儿子，指希腊；天国的美食，指自由之神的奶汁。（第151页）

71 卡密拉［卡米卢斯］（Marcus Furius Camillus）：公元前5至前4世纪著名罗马英雄，曾打退入侵的高卢人。阿梯里［阿提利乌斯］（Atilius）：即雷古拉［雷古鲁斯］（Regulus），公元前3世纪罗马的执政官，被迦太基人所俘，后迦太基人押送他回罗马求和，以议和成功为释放他的条件，但阿梯里仍劝罗马继续作战，他回迦太基后，终于如他自己所预料，遭迦太基人杀害。（第151页）

72 卡必托令庙［卡比托利欧庙］（Capitolium）：罗马卡必托令山上的朱庇特神庙。（第151页）

73 巴拉丁［帕拉蒂尼］（Palatinus）：罗马山名，罗马帝王的宫殿所在地，这里用作罗马的代名词。这一行的意思是说罗马帝国的作家们对希腊诗歌的模仿，特别是维吉尔（Virgil）的《爱尼德》（Aeneid）一诗中对爱奥尼亚人荷马诗歌的模仿。（第152页）

74 赫开尼阿［赫卡尼亚］（Hyrcania）：古波斯的一省，在赫开尼阿海（即里海）的南岸。（第152页）

75 斯哥德（Scald）：古代斯堪的纳维亚行吟诗人的通称；德洛伊德（Druid）：古高卢及英国等地的一种僧侣派别。这两行的意思是说，欧洲的两大北方民族——条顿族和克尔特族［凯尔特族］已失去自由。（第152页）

76 加利利的蛇，指基督教。（第152页）

77 阿尔弗雷（Alfred，849—901）：西撒克逊族王，比较开明，并热心提倡文学。（第153页）

78 指意大利诸共和国的兴起。(第153页)

79 指意大利文艺复兴。(第153页)

80 路德：即马丁·路德（Martin Luther，1483—1546），德国宗教改革家。(第154页)

81 弥尔顿（John Milton，1608—1674）：英国资产阶级革命的伟大诗人。他因操劳国事而失明，底下几行是说克伦威尔失败后，弥尔顿虽陷于困难而悲惨的境地，还是看到了自由的影子。(第154页)

82 法国丰产葡萄。(第155页)

83 指拿破仑。(第155页)

84 这一行的意思是说，拿破仑利用了法国人民向往自由的愿望，滥用了自由之神的权力，实现个人的野心。(第156页)

85 维苏威火山在意大利；艾特纳［埃特纳］是西西里的火山。(第156页)

86 伊俄利亚的岛屿，指意大利西西里岛东北的群岛。下行皮德古萨即是这些岛屿之一，在那不勒斯湾的入口处；彼罗拉是西西里东北的一个海岬。(第156页)

87 共命运的两姊妹，指英国和西班牙。朦胧的西方，指人类的未来。(第156页)

88 阿明尼阿［阿米尼乌斯］（Arminius，公元前18—公元21）：德意志古代民族英雄，以抵抗罗马军队闻名。(第157页)

89 戈迪阿之结［戈迪乌斯之结］：古弗里家（今小亚细亚）国王戈迪阿系了一个复杂的纽结，说谁能把它解开，就能成亚洲的君主。亚历山大王用剑把这个结斩断。"戈迪阿之结"也常当作"难题"解。(第158页)

90 你，指自由。(第160页)

91 伊奥[厄俄斯](Eoas):希腊神话中的晨曦女神。(第160页)

92 她和你,她,指智慧,你,指自由。(第160页)

93 普洛塞嫔[普洛塞尔皮娜](Proserpine)又名佩尔塞逢涅[珀尔塞福涅](Persephone)。据希腊神话,佩尔塞逢涅为主神宙斯和地之女神德米特[德墨忒尔](Demeter)的女儿,当她在西西里岛安那草原上采花时,大地裂陷,冥王普罗多[普鲁托](Pluto)把她劫去为后。以后她每年三分之一时间生活在地府,三分之二时间生活在地上。她的故事象征蔬菜、谷物在春季的生长、夏秋的成熟、冬季的死亡。佩尔塞逢涅本身则是谷物种子的象征:埋葬到泥土里,然后重新生长。(第162页)

94 时季女神(Horae):希腊神话中司时季的女神,她们是主神宙斯和戴米斯[忒弥斯](Themis)的女儿,一般有三个(春、夏、冬)。(第162页)

95 本篇及以下一篇《潘之歌》是雪莱为他的夫人玛丽·葛德文的一个剧本《密达斯》(*Midas*)而写的。阿波罗(希腊神话中太阳、艺术、诗歌、音乐、医药之神)和牧神潘在里底亚[吕底亚](Lydia)特莫鲁斯山的山神特莫鲁斯(Tmolus)跟前比赛音乐,各唱一曲,争夺老特莫鲁斯的奖赏。本篇及《潘之歌》,就是二神在比赛时所唱的歌。(第164页)

96 潘(Pan):希腊神话中的牧神。关于他有不少故事,其中之一说他追求水仙女赛林克司[西林克斯](Syrinx),但赛林克司躲避他。当潘追上并抱住她时,发现自己怀中只是几杆芦苇。他的叹息使芦苇发出乐音,于是他把芦苇制成芦笙,这种芦笙就以"赛林克司"为名。本篇是作为他与阿波罗竞赛时所唱的歌词写的,参看注95。(第167页)

97 特莫鲁斯,见注95。(第167页)

98 比纽斯河（Peneus）、腾皮谷（Tempe）、悲利翁山（Pelion），都在希腊德萨利地方（Thessaly）。（第168页）

99 赛利诺斯（Silenus）、芳恩（Faun）、西尔万（Sylvan），均系希腊神话中山林之神。（第168页）

100 美纳露斯（Menalus）：潘所居住之山，在希腊的阿卡弟爱〔阿卡迪亚〕（Arcadia）。（第169页）

101 1820年7月2日，意大利半岛那不勒斯王国人民起义，反对国王斐迪南的专制统治。在短短的几天中，起义人民获得了胜利，迫使斐迪南实行立宪政体。但至第二年（1821）2月，奥地利军队渡过波河入侵那不勒斯，斐迪南又把宪法撕毁。本篇作于1820年8月17日至25日之间，正是那不勒斯人民刚取得胜利的时刻。此诗在形式上借用了希腊悲剧中合唱队所唱的抒情颂歌体裁，这种合唱共分三解：首解、中解、尾解。但雪莱在这里以"尾解"（epode）开始。英国诗人斯温朋曾对此诗的这种形式表示惊讶。原诗有作者题解一则如下："作者把他游历庞贝和贝宜的许多回忆同那不勒斯宣布成立立宪政府的消息所引起的兴奋感情联系起来了。这样，就使得开头几节诗带有形象化的幻想色彩，这几节诗描写了上述地方的景色，以及与这一鼓舞人心的事件永远联系在一起的一些崇高的感情。——雪莱"（第176页）

102 指庞贝（Pompeii），在那不勒斯东南13英里，维苏威火山之麓，公元79年，维苏威火山喷发，庞贝全城覆没。1689年有人偶然发现其遗址；自1748年发掘以来，发见了旧时的城壁、剧场、议政厅等建筑物颇多。（第176页）

103 山峰，指维苏威火山。（第176页）

104 两片碧蓝的天空，指碧蓝的天空和碧蓝的地中海。（第176页）

105 爱渥鲁斯［埃俄罗斯］（Aeolus）：原为风神的名字，有一种琴专靠风的吹拂以发音，叫做爱渥鲁斯琴。（第177页）

106 "它"字指什么，不详；有人说指上节末尾的"神圣的力"（亚历山大），也有人说指贝宜海（休斯）。（第177页）

107 诗歌之王们，指荷马、维吉尔。——雪莱原注。（第178页）

108 艾俄诺斯（Aornos）：即阿维尔纳斯（Avernus）湖。据古代传说，这湖与冥府相通。此处的"艾俄诺斯"即指冥府。（第178页）

109 伊纳里姆（Inarime）：亦名艾那里亚（Aenaria）和彼特古萨（Pithecusa），即今之伊斯基亚（Ischia），那不勒斯湾的一个火山岛，据说巨人泰夫［提丰］（Typhon）被神拘禁在这座火山之下。（第178页）

110 因奥地利侵略的威胁还未解除，故云"还只获得一半"。（第179页）

111 不流血，指1820年那不勒斯人民起义没有流血，因军队拒绝国王的命令，未向人民开火。（第179页）

112 基密里暴君们，据希腊神话，基密里（Cimmerii）人居住在永远黑暗不见天日的土地上。此处用以形容欧洲的一些暴君。（第180页）

113 意大利诗人亚里奥斯多［阿里奥斯托］（Ariosto）和英国诗人斯宾塞（Spenser）的诗作中都描写过战士的盾牌使敌人变为盲目的故事。（第180页）

114 阿克提翁［阿克特翁］（Actaeon）：希腊神话中的一个猎人。他由于看见了女猎神逖安娜［狄安娜］（Diana）出浴，而被自己的猎犬所追逐和吞噬。（第180页）

115 巴西利斯克王（Basilisk）：神话中的妖魔（一说是毒蛇），人

被它一看就死。（第180页）

116 见注62。（第181页）

117 伊爱亚岛［埃埃亚岛］（Aeaea）：意大利和西西里之间的一个岛。雪莱原注：伊爱亚岛，即"克尔琪［喀耳刻］（Circe）之岛"。（第181页）

118 寡妇似的热那亚，喻热那亚当时处境的凄凉。（第182页）

119 多里亚（Andrea Doria, 1468—1560）：把热那亚从法国统治下解放出来的著名意大利将领，他曾作为共和国的元首统治热那亚多年。（第182页）

120 米兰的暴君维斯孔蒂家族的纹章上画着毒蛇。——雪莱原注（第182页）

121 指公元前42年，罗马的共和派代表布鲁图和卡西乌斯在菲利比［腓力比］被奥大维［屋大维］（Octavius）击败一事。"更远的起点"云云，是说现在要赢得自由比布鲁图当时更为艰难了。（第182页）

122 地之子，即希腊神话中的巨人泰坦（Titan）族，他们是地之子，曾与天神交战。（第183页）

123 北方的暴君们，指奥地利和其他北欧强国。这里是用古代意大利受到北方野蛮民族入侵来比喻的。（第183页）

124 雪莱认为，对于人的天性来说，一切宗教都是乖戾的。（第183页）

125 克尔特族：注家认为，雪莱常误用克尔特族来指条顿民族。奥索尼亚即意大利。（第185页）

126《致月亮》原有两节，但第二节只有两行残诗，这里译出的是第一节。（第188页）

127 奥菲乌斯［俄耳甫斯］（Orpheus）：希腊神话中的歌人，其妻攸里底斯［欧律狄刻］被蛇咬死后，他到阴间去找她，他的歌声感动了冥王，冥王答应让攸里底斯还阳，但在抵达阳界以前，奥菲乌斯不得回头看攸里底斯。将抵阳界时，奥菲乌斯情不自禁，回头一看，攸里底斯就立刻失踪了。奥菲乌斯的琴是抒情诗的象征。（第195页）

128 潘：见注96。（第196页）

129 美娜德：见注36。（第198页）

130 伊里斯（Iris）：虹之神。（第199页）

131 攸累尼亚［乌剌尼亚］（Urania）：缪斯九女神之一，司天文。（第202页）

132 你，指大地，下一节同。（第214页）

133 一个字眼，指爱情。（第217页）

134 一种情感，指崇拜。（第217页）

135 一个希望，即本诗第二节末四行所说："飞蛾对星星的遥恋，黑夜对黎明的盼望……"（第217页）

136 雪莱常用蛇来象征好的事物。这里所说的蛇，是智慧的象征。"使它不致闷死"，"它"即指蛇，而非被蛇所捆的心。（第221页）

137 简恩：爱德华·威廉斯之妻，与雪莱友善。（第229页）

138 本诗前二节是忆述过去某夜的情景；后二节是邀请简恩在当晚歌唱。（第234页）

译者附记

在"冰冷的炉边"度过童年,却有着一颗热烈地泛爱众生的大心;在平庸的人们中间生长,却从大自然汲取了百灵光怪的幻想;受尽自私的人们折磨,而厌恶自私,把自私弃绝,保持着灵魂泉源的澄澈;怀着温柔的同情,又时时忿激地抗争;思索着人间种种相,驰骋在自然科学、哲学、政治学的领域上,探索人类的前途;以普罗米修斯式的坚贞,忠于人类,以幽婉的小曲安慰自己在人世遭到失败,以嘹亮的号角声宣告人类新春将到;被称为"不解世事的天使",被诬为狰狞的"恶魔";——这就是我心头的雪莱,这就是泰西一个岛国产生的三五位真正诗人之一的雪莱。

这一部译诗第一次排成清样寄到我手边,是1964年冬天的事。十七年过去了,书并没有印出,纸型遗失了,原稿似乎也找不到了,只是在我的柜子里还保存着当年的一份清样。靠了出版社同志的帮助,这次又据那份清样重新付排刊行了。

我很感谢,但同时也对自己感到不满,因为我想一想这部译稿的模样(不在我手边已有数年),其中除了一些小诗之外,其余的译诗实在很难说"差强人意",记得像《自由颂》《那不勒斯颂》和其他一些政治诗，译得实在和散文差不多，最多只能供读者研究雪莱思想时当作参考而已。因诗稿已经付排，而且，近来也没有时间再细细润色这些译诗，只好任其保持十多年前的旧貌了。

卷首的一篇短文《关于雪莱的抒情诗》是我在1965年专为此集写的一篇译序，曾在1965年6月27日的《光明日报》上发表。现在基本不作改动，转载于此。我对雪莱的认识，并无多少变化，虽然在某些问题上，稍有新的看法，也已写在商务印书馆出版的那本《雪莱政治论文选》的长序中了，读者如有兴趣，可以参看。现在实在没有更多的话想说。

这本诗集的选译开始于1958年，全部译成于1962年。我的目的是想为我国的新诗提供一点异域的养料，同时也想试一试新诗的表现能力，这个心愿不知能否实现万一？人事悾偬，头发也开始有点白了，对于这本译稿，终于未能尽心，请读者鉴谅，请读者批评。

杨熙龄
一九八一年初春于北京沙滩

〔补记〕

此次看二校样，本拟对照雪莱诗集原文，再逐字逐句核对一遍，但因有点小病，且有别的工作缠身，万不得已，仅仅细看了一下译文。出版社编辑同志和校对同志助我甚多。再次致谢！我感到惭愧。译诗如有错误,只好待将来重印时改正了。唉!

熙　龄
一九八一年六月下旬

编辑后记:此"译者附记"为1981年上海译文出版社出版此书时杨先生所写。出于尊重译者及保存当时的出版过程记录的目的,此版保留了这些文字。

汉译文学名著

第二辑书目（30种）

枕草子	〔日〕清少纳言著　周作人译
尼伯龙人之歌	佚名著　安书祉译
萨迦选集	石琴娥等译
亚瑟王之死	〔英〕托马斯·马洛礼著　黄素封译
呆厮国志	〔英〕亚历山大·蒲柏著　李家真译注
波斯人信札	〔法〕孟德斯鸠著　梁守锵译
东方来信——蒙太古夫人书信集	〔英〕蒙太古夫人著　冯环译
忏悔录	〔法〕卢梭著　李平沤译
阴谋与爱情	〔德〕席勒著　杨武能译
雪莱抒情诗选	〔英〕雪莱著　杨熙龄译
幻灭	〔法〕巴尔扎克著　傅雷译
雨果诗选	〔法〕雨果著　程曾厚译
爱伦·坡短篇小说全集	〔美〕爱伦·坡著　曹明伦译
名利场	〔英〕萨克雷著　杨必译
游美札记	〔英〕查尔斯·狄更斯著　张谷若译
巴黎的忧郁	〔法〕夏尔·波德莱尔著　郭宏安译
卡拉马佐夫兄弟	〔俄〕陀思妥耶夫斯基著　徐振亚、冯增义译
安娜·卡列尼娜	〔俄〕列夫·托尔斯泰著　力冈译
还乡	〔英〕托马斯·哈代著　张谷若译
无名的裘德	〔英〕托马斯·哈代著　张谷若译
快乐王子——王尔德童话全集	〔英〕奥斯卡·王尔德著　李家真译
理想丈夫	〔英〕奥斯卡·王尔德著　许渊冲译
莎乐美 文德美夫人的扇子	〔英〕奥斯卡·王尔德著　许渊冲译
原来如此的故事	〔英〕吉卜林著　曹明伦译
缎子鞋	〔法〕保尔·克洛岱尔著　余中先译
昨日世界：一个欧洲人的回忆	〔奥〕斯蒂芬·茨威格著　史行果译
先知 沙与沫	〔黎巴嫩〕纪伯伦著　李唯中译
诉讼	〔奥〕弗兰茨·卡夫卡著　章国锋译
老人与海	〔美〕欧内斯特·海明威著　吴钧燮译
烦恼的冬天	〔美〕约翰·斯坦贝克著　吴钧燮译

图书在版编目(CIP)数据

雪莱抒情诗选/(英)雪莱著;杨熙龄译.—北京:商务印书馆,2022
(汉译世界文学名著丛书)
ISBN 978-7-100-20684-6

Ⅰ.①雪… Ⅱ.①雪… ②杨… Ⅲ.①抒情诗—诗集—英国—近代 Ⅳ.①I561.24

中国版本图书馆 CIP 数据核字(2022)第 025932 号

权利保留,侵权必究。

汉译世界文学名著丛书
雪莱抒情诗选
〔英〕雪莱 著
杨熙龄 译

商 务 印 书 馆 出 版
(北京王府井大街36号 邮政编码100710)
商 务 印 书 馆 发 行
北京市十月印刷有限公司印刷
ISBN 978-7-100-20684-6

2022年3月第1版	开本 850×1168 1/32
2022年3月北京第1次印刷	印张 8⅜

定价:40.00元